POINT 003

黃 明 堅

52個星期天

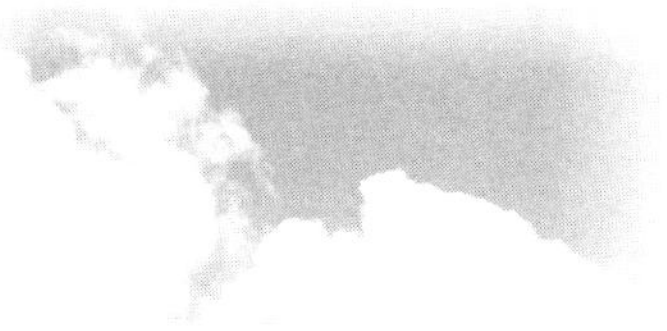

目次

輯三 咒語專賣店

52個星期天（自序）

如果人生可以停格，凝結在某一瞬間，從此不再移動，你會選擇什麼樣的時刻呢？

金榜題名時，視線定定落在自己的名字上……

洞房花燭夜，摁熄最後一盞燈……

或者是，

星期天早晨，微微睜開眼睛的那一剎那……

我的人生停格在這裡。

每一個星期天早晨，嚴格地說，未必是早晨，也許已是近午時分，然而時間又有什麼意義，畢竟這是星期天，時間失落了平日的謹慎與規矩。

週一到週五不斷反芻，遺留下的些許殘渣，已被星期六清掃得乾乾淨淨。

星期一的戰爭，遠在二十四小時之後。

眼前是長長的、空白的一天，所有偉大的任務暫時無人理睬，救國救民都不急在星期天。

浮上心頭的，只有瑣事、閒話和白日夢。

用整整一天，做幾件細碎小事，聊聊可有可無不痛不癢的街談巷議，任想像力奔馳，天馬行空去捕捉綺思遐想。

星期天不是正常的日子。然而，如果沒有星期天，這個正常世界早已因金屬疲勞，而在空中爆炸，解體。

從九十年六月初到九十一年五月底，在中國時報人間副刊，寫「三少四壯」專欄，每週一篇。

主編說：「你的專欄排在星期天。」

嗯，我喜歡星期天，我從來不是個嚴肅的人。

專欄結集成書，出版社說：「書名就叫《五十二個星期天》吧！」朋友聽到書名的反應是：「怎麼才五十二個呢？你不是三百六十五天，天天星期天嗎？」

噢，原來自己早已被人歸類爲「每一個毛孔中都透出星期天味道」的傢伙。也好吧！用無所事事的心情，閒閒觀賞身邊輪流上演的一齣齣短劇，男人、女人、明星、寵物、討債、吹牛、算帳、做愛……有幻想、有現實、有捏造、有誇張，反正是星期天，自由日，東西南北皆大吉大利。

把人生停格在星期天，顯然不是正常的傢伙。三百六十五個遊手好閒的日子，只能留給我自己。

而這曾經無限美好的五十二個星期天，希望它在過去和未來，都能陪伴你，爲你長長的、空白的一天，添加一點點趣味、一點點瑣碎、一點點荒唐、一點點眞理。

每天泡澡

一個冷冷的冬日黃昏，我和朋友走在回家的路上。

「晚上應該泡個澡才好。」她開口說。

「泡澡？每天都應該泡澡啊！」我順口回答。

「哪有人每天泡澡？」

「我，我每天泡澡。」

「不可能吧，太浪費時間了。」她顯然不相信。

「時間本來就是要給人浪費的，節省下來做什麼？」輪到我不解。

「忙啊，忙死了，做不完的事，下班還有一堆稿件要帶回家處理，時間總是不夠用。」

我停下腳步，瞪著那剛剛告訴我她長期失眠、有憂鬱症傾向、正在失戀、和前任男友吵架吵了大半夜的都會女子，她看起來瘦削、憔悴、單薄得像一根空蕩蕩的衣架，半點都不美麗。

「少做點事，多泡泡澡，對健康有益。」我眞替她媽媽覺得心疼。

「泡澡好舒服，熱氣一蒸，全身毛孔舒張開，好像所有細胞都起來跳舞。我泡在浴缸裡，閉上眼睛，覺得腳趾頭都可以彈莫札特。」她一臉陶醉的神情，「今天太冷，可以泡一泡。」她突然快走了幾步，彷彿急著回家。

「這麼舒服的事，爲什麼不每天做一做呢？」我還不死心地勸誘她，「說不定能治好你的失眠呢！」

「不可能的，」她倒是明快，「天氣實在很冷的時候，我才泡澡。難道你夏天也泡嗎？」

「冬天夏天都一樣。」

「哪有那麼多時間？」

「說眞的，挺花時間，放水、洗澡、刷浴缸，前前後後要花上一個鐘頭左右。」

「誰有多餘的美國時間啊！」我們小時候常喜歡說「美國時間」。

「美國人其實最沒有多餘的時間，我常懷疑淋浴是不是美國人發明的，站著一沖，三分鐘結束，聽起來和美國人發明的速食、速效感冒藥，唱的是同一個曲調。」

「你不喜歡美國？」

「誰喜歡？」我懷疑。

「我也不。告訴你一個笑話，我們同事要整修浴室，設計師建議他把浴缸打掉，改成蓮蓬頭，說是可以節省空間，結果他眞的照做，現在只能淋浴，不能泡澡。」

「他有什麼心得？」我很好奇。

「哈！後悔得不得了。而且還特地警告我，以後不管怎樣整修房屋，絕對不可放棄浴缸。」

「可是他節省下空間啦！」我們相視而笑。

「你也一樣，」換我笑她，「小心不要節省下太多時間。」

「不會，不會，今天回家一定泡澡。」她笑著跟我揮手道別。

另一個涼涼夜晚，接到副刊主編的電話。講了不到兩分鐘，就被打斷。

「對不起，請等一下。」我說完，擱下話筒，轉了一圈，再回來。

主編談起他正在寫的一篇報告，興高采烈。

「真對不起，又要請你等一下。」不能得罪人，好像又不能不得罪人。

「你到底在幹什麼？」讓主編這樣責問就不妙，最好自己坦白說明，「我正在放洗澡水，剛才是去觀察一下，第二次去已經關掉。全部弄好了，沒問題，繼續吧！」

「是放洗澡水？嗯，感覺很真實。」可以聽見主編在電話那頭的笑聲。

「沒有忘記寫專欄的事吧！」原來不是純聊天。

「記得，只是想不出寫什麼才好。」

「寫洗澡水也可以。」

這本書，關於洗澡水、浴缸、失眠的朋友、閒閒的我，還有會笑的主編。關於一些重要的小事，和不那麼重要的人物。

「嗯，感覺很真實。」希望你也會說。

輯一

八個男人泡舞廳

我們一群女生，上去廝殺一回合，休息一回合，再上陣，再休息，都已經來來回回好幾趟，隔壁桌八個大男人卻依然不動如山。

八個男人泡舞廳

朋友約我去舞廳跳舞。

跳舞，是好事，自然欣然允諾。

「十一點在大門口集合。」

「十一點？」奇怪的時間。

「是晚上十一點，不是白天的十一點。」

「什麼？這麼晚？我已經要上床睡覺了。」

「沒辦法，人家九點才開始營業，前半場都冷冷清清的，要到十二點以後才眞正熱鬧。」

為了要找寫作題材，不得不冒著在舞池中睡著的風險，去跳夜舞。

星期四是「淑女之夜」，女士免費入場，男士則仍舊必須照規矩買門票。大概原先的用意，是希望藉此機會，吸引更多男士陪伴女士前來，可惜結果顯然不如預期。

我們這一群貪小便宜的女士，和其他更多貪小便宜的女士，根本沒有男士隨行，就大搖大擺從收票員面前走過，旁若無人地長驅直入。

大半的桌位都是陰盛陽衰，五個女生夾著一個可憐兮兮的男生，四個女生旁邊兩個保鑣似的男生，要不就是像我們一桌全是橫行霸道狀的女生。

只有隔壁桌挺惹眼，端坐著八個穿西裝打領帶的大男人。

去舞廳，最好別帶腦袋，帶了也是累贅。門口的大告示牌，寫的是「此處歡迎吸菸」，習慣了觸目皆是「禁止吸菸」的標幟，這告示牌叫人有點困惑。

想把皮包、外套擱在寄物處，好專心跳舞。寄物處的告示牌上寫：「此處只供寄物，不負責保管。」可寄物、不保管，這是什麼道理？我又困惑了。唉，乾脆連腦袋一起丟在寄物處，管它保管不保管，我只管跳舞去。

台上，三個女歌手使勁甩動麥克風，嘶聲吶喊。台下，太多人擠在太小的舞池，手腳都施展不開，只能高舉雙手，原地搖晃，倒有些龍發堂群魔亂舞的意味。

我們一群二十歲（只有我不是）的女生，上去廝殺一回合，休息一回合，再上陣，再休息，都已經來來回回好幾趟，隔壁桌八個大男人卻依然不動如山。

本來嘛，穿西裝打領帶怎麼跳舞？八個男人跳什麼舞？

他們是來看漂亮美眉的。

兩個穿著超短褲的辣妹，從桌邊經過。

「我上！」一個男人猛地起身，衝動歸衝動，他扶著椅背，腳下卻半步也未曾移動。

「你敢！」鄰座的男人也霍地起身，抓住朋友的手臂，不像是推他上前，倒像是扯著他不得動彈。

第三個、第四個男人只顧盯著牆上的電視螢幕，電視機很奇怪地定在體育頻道，所以美國職棒正打得如火如荼，兩台電視、兩個螢幕，一模一樣的紐約洋基對波士頓紅襪，三比二，戰事在震天價響的舞曲中持續進行。

第五個、六個、七個、八個男人，倒是面向舞池，乖乖看人跳舞，已經看了將近兩個鐘頭，也不說話，也不起身，連脖子都不曾隨著音樂搖晃分毫。

「我不敢？」第一個男人還在作勢。

「你敢！」第二個男人也還緊抓著別人的手臂。

「敢不敢」的戲碼，在春光撩人的辣妹走得不見蹤影後，還掙掙扎扎上演著。直到第五個、六個、七個、八個男人感到脖子僵硬，一致起身說：「走了。」

突然，他們就走了。八個大男人迅速消失，無聲無息，空出一大張桌子，彷彿從來沒人坐過。

舞廳眞是個奇怪的地方——我和筋疲力盡的舞友們推推攘攘在不負責任的寄物處領取皮包和外套什麼的，我恍恍惚惚想著。

名人的弟弟

有人說，「朋友，是自己選擇的親戚。」

言下之意呢，親戚，當然就是不容自己選擇的包袱。

親戚也分遠近，三姑媽、六姨丈、四叔公、大表妹的乾爹、小嬸婆的手帕交，一輩子見不上三次面的遠親，可以擱下不提。

近親就沒有這麼容易打發了。丈母娘、小舅子、大姨子、姑子、嫂子，貼著人身邊打轉，鼻孔哼一聲，嘴巴歪一下，都能讓人吃不完兜著走。

若是再近一些，老爸、老媽、老婆、老公、老姊、老妹，近到不能再近，親到不能再親，那就不該算親戚，而是家人了。

家人，比起親戚來，更是千斤重擔——無法擺脫，不能分割，終生如影隨形。

若是家人中，莫名其妙冒出一位名人，讓老爸老媽光耀門楣，老公老婆走路有風，老姊老妹趾高氣揚，老哥老弟……慢著，老哥似乎得意洋洋，老弟……老弟卻不是那麼一回事。

我在社交場合，偶遇名人的老弟，乃居中向友人介紹。

「這位是張先生，這位是你最崇拜的名人的弟弟，非人先生。」

「張先生好。」

「名人的弟弟？眞是太好了。我是名人的頭號球迷，最崇拜他了，眞是太好了，幸會幸會。」

「你看了昨天晚上的豬與蛙之爭嗎？不得了，硬是要得。完投吔，完全封鎖對方的打擊，一分都不失。小豬隊已經八連勝，大大有希望，今年我就看好他們拿冠軍。青蛙太弱了，根本不是對手，不過話說回來，小豬隊全靠名人支撐大局，了不起啊，名人。」

「我不大看棒球。」

「你不看棒球，那怎麼可以？你哥哥是名人，名人不是普通人，像名人這樣的黃金投手，十年也難得出現一位。爲了他，你也應該看棒球啊！」

「非人先生也是專家呢！」我插嘴說。

「專家？什麼專家？」

「我專門從事胚胎學研究。」

「胚胎學？什麼是胚胎學？」

「胚胎學就是……。」

「對了，報上說，名人前一陣子肌腱拉傷，狀況很嚴重，我眞是替他擔心。我認識一位很高明的中醫師，專治跌打損傷，很專業的，不是江湖郎中那一種，我可以介紹給你。」

「不用了，我不用。」

「我找一找，應該有帶他的名片出來，我常常帶一疊名片，分給有需要的人，也算是做好事。啊，在這裡，這張你拿去，記得一定要轉交給名人，這個醫生很靈的。」

「是，謝謝。」

「還有一件小事，不知道能不能麻煩你。」

「什麼事，你說。」

「我想要一張名人的簽名照。我兒子也很崇拜他，今天見到你，我回去少不得要向兒子吹噓一番，若是再有一張簽名照，那就更好了。」

「可是我住高雄，我哥哥住台北，不到過年，我們很難得見面。」

「拜託，拜託，想想辦法嘛。這是我的地址，我順便把我兒子的名字也寫上去，可以請名人寫『給雷雷小弟』，他一定高興死了。」

「唉，我盡量啦！」

「你剛才說你是研究什麼東西的？眞了不起，在國外住了那麼多年，還願意回國來貢獻所學。」

「國外？我沒有住過國外，我根本沒有出過國，住在國外的是我哥哥。」

「我就是說嘛，名人眞是了不起。」

賞鯨船之旅

經濟學有所謂「炫耀性的消費」。

美國電影裡最多現成的例子。有錢的鄰居一買新車，馬上把喇叭摁得震天價響，吵醒左右人家，探身出來看個究竟。

「喔，約翰又換新車了。」

「你看，還是約翰有辦法，哪像你，破車一開八、九年……」老婆深受刺激，歇斯底里地嘮叨個沒完沒了。

到了度假季節，有錢鄰居個個銷聲匿跡，一轉眼全都曬成黑炭回來。

「哎呀，約翰，你曬得可眞好看。」

「是啊，我們去加州玩了一趟，那兒的太陽不是蓋的，太漂亮了。亨利，你們去哪裡度假，怎麼你也曬黑了不少？」

「是嗎？我們在普羅旺斯曬足了太陽。」

「普羅旺斯？法國？」

「不，普羅旺斯，我家後院那張吊床，法國貨呢！」

夏天還好，總可以在後院做做日光浴，曬個七、八分黑。冬天就慘了，約翰去滑雪，勢必摔斷一條腿，回來好炫耀他的石膏與枴杖。

你想，亨利該怎麼辦？

旅行，和新車一樣，不是必需，所以難免有炫耀性消費的嫌疑。每回出門旅行，事前事後忍不住大聲嚷嚷，原因無他，炫耀嘛！

閒坐家中，友人來邀共乘賞鯨船，我便欣然允諾。

「眞討厭，又要去旅行了。」趕緊通報眾親友。

「又要旅行了，好羨慕喔！」

「也沒什麼，坐坐賞鯨船而已。」

「坐賞鯨船，要出海嗎？眞是太羨慕了。」

「在家也沒事，出去轉一轉，散散心。」

「好好命，羨慕死了。」

炫耀，目的達成。

出發前，蒐集到一些賞鯨的資料，爲了善盡遊客的責任，也用心研讀一番。

資料上說：賞鯨人數不斷增加，八十六年約八千人次，賞鯨船二艘；到九十年已成長到約八萬五千人次，賞鯨船增加至十四艘。五年間，遊客多了十倍，眞是一門好生意。

資料上又說：目前已發現的鯨豚種類計有二十六種，分別是長鬚鯨、布氏鯨、小鬚鯨、大翅鯨、抹香鯨、小抹香鯨、侏儒抹香鯨、瓜頭鯨、小虎鯨、僞虎鯨、眞海豚、點斑原海豚、條紋原海豚、長吻飛旋原海豚、瓶鼻海豚、新鼠海豚……。

讀完資料，我就和其他八萬五千人一樣，懷著興奮的心情，準備在太平洋上，仔仔細細觀賞這二十六種大有學問的鯨豚。

「有百分之九十五的機會，出海就會看見鯨豚。」船長這麼說。

航行了一個半小時，我吐了兩次，還沒有任何鯨豚的蹤影。

「今天早上，就在這個區域，有上千隻海豚一起跳出水面，很壯觀呢！」船長又說。

「眞的嗎？」有人小聲問，不大相信。

「當然是假的，廣告詞嘛！」旁邊的人說。

「啊，來了，來了！」

暈船暈得七葷八素的我，電光石火間，只瞥見一點黑影。

據說，是有兩隻海豚，大部分人都看見了一隻半，而我，可能只瞧見那半隻的半個尾巴。

「恭喜你們，今天看見海豚了，沒有落入那不幸的百分之五。」船長挺高興地說。

這樣就算幸運的百分之九十五嗎？

我們又搖晃了一個半小時，才返抵岸邊。全程三小時，我一共吐了八次，有〇・五秒的時間，賞到半隻海豚的半個屁股。

這就是我的賞鯨船之旅。

別急，下船我就三腳兩步衝向紀念品商店，搶購了一張賞鯨船海報、兩捲賞鯨船錄影帶，外加七枝頂上有可愛海豚的原子筆。

你瞧！回去，我可有得炫耀呢！

名女人的戲碼

慈善晚會即將開始。

名流淑女齊聚在大廳，熟人們相互寒暄，不是那麼熟的人也禮貌性地端出一張笑臉，反正社交就是這麼一回事，不冷不熱，像杯溫咖啡，誰也不當眞愛喝，可也不得不擺著做做樣子。

忽然有人瞥見一旁的精品店裡，正坐著頻頻在新聞事件中露臉的名女人。

「你看，她也來了。」

「好像在買東西呢！」

「還買，我打賭她家裡這一季最新的皮包一款也不少，怎麼會都不能配今晚的衣服呢！最後一秒鐘了還在買！」

「剛剛看她帶一個紅包包進去，買沒買等下走著瞧。」

女人們突然找到了話題焦點。

賓客們魚貫步入宴會廳，門口守候著一排攝影機，電視台、八卦雜誌、大大小小的媒體，都得準時把衣香鬢影的上流社會，放送給坐在自家客廳、套著舊T恤、趿拉著塑膠拖鞋、罵小孩功課、咒老公抽菸、體重永遠超重的眾多婦女支持者。

攝影機逮到幾個目標，請人左擺姿勢、右調角度，喀嗒——喀嗒——猛力消耗底片，被照的對象個個歡天喜地，笑得下巴都快脫臼了。

又是最後一秒鐘，名女人姍姍來遲。

嘩的一聲，所有的攝影機集體轉向，比勢利政客的動作更快，一起撲向名女人。

「眞的換了一個新皮包。」

「別看那是個小包，一個三萬六呢！」

「就爲了給人家照照相嗎？」

「名女人，沒辦法呀，到哪裡都必須十全十美！」

趁著名女人在攝影機前賣弄風情，其他女士正好在背後議論長短。

「美什麼美，都是假的。小針美容而已，鼻子也是墊高的，以後老了，液體在臉上亂流，東一塊，西一塊，才醜呢！」

「身材還不錯，聽說要代言瘦身產品，減掉不少肥肉。」

「身材也是假的，全身都做過手術，根本是矽膠的功勞。」

「唉喲，那她的男人不覺得噁心嗎？」

「管他的，活該，反正也是個爛男人，放著好好的老婆不要，要一個矽膠假貨。」

「你還記得她當初搶男人要的詭計嗎？真是低級。」

「哎呀！真倒楣，我剛剛被拍得好好的，她一來，攝影機全被她搶走了，一定不會用上我的鏡頭。」

眾人交頭接耳，談興正濃，主持人卻在這時宣布晚會開始，並且特別介紹今晚的貴賓。

連續幾位貴賓都贏得熱烈的掌聲，只有名女人起身時，氣氛異常冷清，稀稀落落地拍手，簡直像在說：「你——何——必——來——」。

女人天生不是政治動物，完全不懂得逢場作戲，讓站在台上的人尷尬得心裡直滴血。

慈善晚會少不得要爲災民、飢民、貧民募些款項。

名女人身先士卒，率先捐出一個整數。

「她錢多，才捐那麼一點點，眞小器。」

「也不知道她的錢是打哪兒賺來的，搞不好都是來路不正的錢。」

「捐錢想收買人心啊！哼！」

「我可不捐，她要出鋒頭，讓她去出鋒頭，誰理她。」

名女人送出一張大額支票，拎著新買的三萬六名牌皮包，欠身離開會場。

在場一毛不拔的女性同胞們，集體對她怒目而視。

名女人帶著抱歉的笑容，哈著腰，像隻受驚的小老鼠，踏著窸窣的腳步快快走遠。

明天，她又會步入另一個晚會現場，同樣的戲碼也會再度上演。

禿頭藥

得意張眞是神氣活現的，總讓我們覺得矮他一截。唉，這也是莫可奈何的事。百業蕭條的時候，唯有他一枝獨秀，我們拚上老命也贏不過他，只能眼睜睜看著他張狂。唉，誰叫他賣的是禿頭藥呢！這年頭，禿頭藥的銷路可是比威而剛還更暢旺呢！

張德義先生，自然就成了我們羨慕得牙癢癢的「得意張」。

得意張說穿了不過是個藥品推銷員，然而他卻自封爲「禿頭諮詢顧問」，動不動就要把客戶攬進他的辦公室，做一番心理輔導，美其名曰「對症下藥」，實際上是針對客戶的心理弱點，大力促銷。

前些日子，得意張在晚宴上結識了一位心臟外科醫生，當然，是禿頭的。唉，得意張就是這麼好命，一眼就可以鎖定他的客戶。

高收入的專業人士是大魚，絕對不可能任他輕易溜走。得意張摒擋一切雜務，專程恭候大駕。

「我父親是禿頭，我祖父也禿頭，我這禿頭眞的有救嗎？」醫生單刀直入表明他的疑問。

「有救，有救，沒有問題。多少達官顯要都是靠我們的藥維持光鮮的外表。民意代表啦、政府官員啦，都需要群眾的愛戴，作爲一個心臟權威，您一定也希望博得病患的信任和好感，在外貌上做一點投資，肯定是値得的。」得意張鼓起三寸不爛之舌，揣摩著客戶的心理。

「病患不重要，他們的一條命全掌握在我手術刀下，我何必討好他們。」醫生滿臉不悅。

「是，是，以您的身分地位，根本不需要討好任何人。」得意張見風轉舵，「不過，像公會理事長這類重要的職務，也許您會有興趣去爭取，這個門面嘛，少不得要請專人塑造一下，形象，形象，很要緊，您能早早考慮到這方面，眞是有先見之明，佩服，佩服啊！」得意張在客戶眼前簡直就是馬屁張。

「公會我沒興趣，醫生的職責，看好病人才是根本，外務繁多，本末倒置，反而會耽誤正業。」客戶油亮亮的頭頂似乎升起了聖潔的光環。

「喔，我了解，我了解。」得意張的腸子有九彎十八拐，他見過的世面夠多，區區一個正經八百的外科醫生還難不倒他。

「這樣說來，是有其他的考量。」得意張露出曖昧的笑容，繼續攀談，「人嘛，都是有感情的，像您今天的身價不凡，位高權重，一定不乏仰慕者，男人嘛，偶爾也要逢場作戲，風流風流，」他朝醫生擠擠眼睛，「沒問題，一切包在我身上，我保證可以讓您看來年輕十歲。女人嘛，嘴上不說，心裡也是在意的。」得意張自信滿滿地誇著口。

「嘿，你不要亂講話，我對我太太是很忠貞的。」醫生有點不高興地站起身來，背對著得意張。

這下我們神氣活現的張德義先生像是吞下一根魚骨頭，痛得他說不出話來，急得他滿臉通紅。

這時，醫生反倒轉過身子，低垂著頭，挺不好意思地開口道：「老實跟你說吧！

我奮鬥了這麼多年，好不容易才熬成名醫，指定我動刀的，全是有頭有臉的大人物，在心臟外科這一行，我也是響噹噹、數一數二的專家。」

「可是，」醫生停頓了片刻，愁眉苦臉地說，「怎麼回到家，我那八歲的兒子居然拍拍我的頭說，『爸爸，我將來不要像你一樣，我不要做醫生，醫生都是禿頭。』」

得意張愣在一旁，半晌答不上話。此刻，他終於明白，他的禿頭藥比威而剛還受歡迎，畢竟是有道理的。

愛上名車

大器心裡面有一樁事，這事一直懸著，已經兩三年了，他無時無刻不惦記，無時無刻不在腦海裡盤算著。

說穿了，也不是什麼見不得人的虧心事，不過是換輛新車。

男人嘛，誰不愛車！可惜大器愛上的不是他現在開的那輛普通小車，而是線條比女人曲線還流暢的百萬名車。

大器臉皮薄，他不敢大大方方闖進人家的展示中心，去親手摸摸車體，試坐一下眞皮座椅，或者拿一份厚厚實實的說明書回家。畢竟他的存款數字不足以提供推開玻璃大門的勇氣。

因此，大器絕不會錯過一年一度的汽車大展，唯有夾雜在混亂擁擠的人群中，他才有機會肆無忌憚地打量他的愛車，壯大著膽子和業務員說上幾句話，順手抓一本印刷精美的名車雜誌，再趁其他客人走近時，匆匆混入人群中消失得杳然無蹤。

大器的老婆整天捧讀羅曼史小說，大器對這種女人的讀物根本是嗤之以鼻，他其實不相信愛情，男人需要有個婚姻，需要有自己的孩子，這兩件事他都辦到了。

眼前他最需要的是一輛名車，而大器是一個講實際的男人，他決心設定目標，然後一步一步達成目標，就和當初追求老婆一模一樣。如果硬要說有什麼不同，那就是這一次他的決心更堅定，他的準備更充分。他的生命之火熊熊燃燒著，每一天他都是爲車而活。當然，他不知道，在羅曼史小說裡，這就叫做「愛情」。

大器勒緊褲帶，節省下每一毛錢。他不准兒子換新電腦，寧可看他拉長一張臭臉，到隔壁同學家去完成他的繪圖作業。他不准老婆換新沙發，寧可被她唸叨「什麼大器，簡直就是小小器、小器鬼」，就連老婆在床上使出撒手鐗，也沒能摧毀大器金石般忠貞的愛情。

眼看著存款數字逐漸接近目標，大器的心情卻愈來愈忐忑，他擔心自己配不上這輛即將到手的名車。

開名車的男人應該是什麼樣子呢？大器成天揣摩這個問題。

他換穿價格昂貴的進口西裝，把國產貨收到衣櫃頂層，配上他唸不出名字的義大利純絲領帶。他換拿一個眞皮公事包，不再用廠商贈送的塑膠包。他甚至換抽那種暗紅色扁盒子、上面燙著花體英文字的名牌香菸，一口氣甩掉從國中廁所噴出第一口菸即忠心耿耿、矢志相隨的老戰友。

及至確定一切停當，大器才揣著銀行存摺、雙腳穩穩妥妥地踏進展示中心的玻璃大門，誠惶誠恐地迎接他生命中最尊貴、最稀罕、也帶給他最漫長等待的一件寶貝。

大器開著新車，腦袋暈陶陶的，他明明沒有喝酒，卻泛起微醺的感覺，一切是這麼美好。他身上的西裝、領帶、擱在前座的公事包、略略敞開的硬挺菸盒，與車內淡淡飄散的皮革氣味，融合成一個完美的上流社會，而大器居然置身其中，這簡直像是奇蹟，叫人難以相信。

奇蹟破滅得太快，像大象踩死小螞蟻。

大器的兒子蹬著滿是泥濘的球鞋，鑽進後座去探險，大器心痛得幾乎發不出聲音。男孩子實在太粗魯了，他怎麼從來不曾發現呢！

大器的老婆猛地拉開車門，一屁股歪倒在駕駛座旁她熟悉的寶座，大器額頭正中那根筋陡地抽動了一下，老婆身上嗅不出一絲名門淑女的氣息，又不懂打扮，鄉裡鄉氣，她配坐這車嗎？

新的目標清清楚楚擺在大器眼前：他必須換掉原來的老婆與兒子。他們不屬於名車的世界，理所當然也就不屬於大器的世界。

這事十分困難，但羅曼史小說裡不是常說：「眞愛可以克服一切阻礙。」

大器並不煩惱，他決心設定目標，一步一步達成目標，在他與名車之間，一切的阻礙都會被鏟除殆盡，因爲在他心中熊熊燃燒著眞正的愛情。

我愛你，但是……

做人眞的是要有愛心。我在雜誌上讀到一則故事：

「平日家庭主婦最痛恨的，莫過於在家中橫行肆虐的螞蟻、蟑螂、蚊子、老鼠。即使用最殘暴的方法對付牠們，放置捕鼠夾、撒毒藥、猛揮電蚊拍、以高跟鞋後跟重擊，往往也無法斷根，不久牠們又憑強韌的生命力，綿延更多子孫，大舉回返家園。

「有一位家庭主婦特別有愛心，她深深悟到暴力絕對不是徹底根治之道，只有愛才能夠勝過暴力。

「因此，她放棄所有殘暴的方法，練習對著自己一向討厭的螞蟻、蟑螂、蚊子、老鼠說話。

「她說：『我愛你，但是請你到別的地方去。』「幾天後，她家裡再也見不到螞蟻、蟑螂、蚊子、老鼠的蹤影，從此他們一家過著幸福快樂的日子。」

眞的，愛是最偉大的力量，愛可以對抗暴力。這一個家庭主婦的成功範例，應該給許多人新的領悟，從現在開始，放棄粗暴的手段，練習使用愛的話語。家庭主婦所說的這一句話，相信可以同樣適用於許多人身上。

像老闆，用盡種種殘忍的計謀修理無能的員工，可惜員工就是不開竅，既沒法變得聰明伶俐、精明能幹，又不懂得自請辭職，省下一筆遣散費。

這時老闆就該對遲鈍的員工說：「我愛你，但是請你到別家公司去。」

像警察，天天堵在攤販旁邊開罰單，既招人怨恨，又沒有成效，路邊攤就和蟑螂一樣，今天罰一攤，明天變出兩攤來，只會愈罰愈多，不可能徹底消滅。

不如要求警察們天天到攤販面前去說：「我愛你，但是請你到別的管區去。」

像花心的女人，碰上死心眼、自認癡情又糾纏不休的前任男友，跟他講道理也講不清，換了手機號碼，他就到公司門口站崗，到住家門口打地鋪，鬧得新男友都面上無光。

花心的女人不妨敞開心胸，跟令人恨得牙癢癢的笨男人說：「我愛你，但是請你到別的女人那裡去。」

像大老婆，三天兩頭爲老公的外遇生氣，接到不出聲的電話，搓洗疑似口紅印的襯衫污漬，梳妝台上突然多出兩罐男性護膚保養品，雖然沒有眞正看見情婦的影子，可是就像逮不著的老鼠一樣，處處留下痕跡。

用兩根指頭拎起掉落在西裝肩頭的一根長髮，大老婆應該以最溫柔的語調朝迷人的長髮情婦說：「我愛你，但是請你到別的男人家裡去。」

最後，最重要的，像胖子，和所有不管胖不胖都自認很胖的要減肥者，永遠在和體重搏鬥，永遠處在半飢餓狀態，永遠一不小心就路過美味的麵包店，永遠怎麼那麼湊巧剛好是下午四點新鮮麵包出爐的時刻。

隔著透明得好像不存在似的玻璃櫥窗，把鼻子貼緊熱騰騰的奶酥麵包、紅豆麵包、火腿起司麵包……胖子和要減肥的人狠狠心，說一句：「我愛你，但是請你到別人的胃裡去。」

幾秒鐘後，麵包消失了，情婦消失了，前任男友消失了，路邊的攤販統統消失了，連所有無能的員工都一併消失了……。

從此，胖子、要減肥者、大老婆、花心的女人、警察和世界各地的老闆都過著幸福快樂的日子。

鄰居老公那檔事

這年頭，在任何情況下，你幾乎都可以做選擇。

你可以選擇餐後喝咖啡或是茶，午飯吃泡麵或是便當，住在恐怖分子橫行的紐約或是居然也會淹水的台北東區，和未曾謀面的網友更進一步或是和交往三年的死鬼分手。

你可以選擇職業、朋友、手機門號、頭髮染幾種顏色、在身上哪裡打洞，你不僅可以選擇你的丈夫、妻子，你甚至可以選擇誰將成爲你的前夫、前妻。

然而，如果你和我一樣，是一隻小小的有殼蝸牛，那麼很抱歉，你無法選擇你的鄰居。

阿林是我的鄰居，一個我必須運用所有外交手腕與她和睦相處的重要人物。

「怎麼樣，想出好辦法沒有？」阿林一見到我就逼問。儘管我每天都會在門口張望二、三十秒，確定沒有她的芳蹤，才敢拎著垃圾袋出去，可是不知怎的，她總有妙招憑空現身，忽地欺近我身邊。

「嗯，嗯，什麼好辦法啊？」我既無能頓時隱形，只好先裝傻抵擋一陣。

「跟你說過好幾次，就是我老公那檔事嘛！」

「喔，喔！」我支吾以對。

「這事不辦不行，你一定要幫我忙，放在心上。」她口氣挺強硬的。

「一時有點棘手呢！」

「不管，你是作家，你們這種人有腦筋，會寫小說啊編電影啊，什麼稀奇古怪的情節，你們都想得出來，我這一點芝麻綠豆的小事難道做不成？」

「也不是做不成。」她既然說我有腦筋，我就不好意思承認自己根本沒寫過小說，也沒編過任何電影，「只是好像不夠激烈，好像……好像不夠戲劇化。」我吐出一口大氣，終於找到一個聽起來相當專業的理由。

「什麼戲劇化?要怎樣戲劇化?」果然被我唬住了。

「譬如說，手段更凶狠一點，借用外人的力量。我們樓上不是剛搬來一家長得孔武有力、黑黑壯壯的，你想不想找他們談談?」

「什麼?謀殺親夫?」她大聲嚷嚷。

「小聲點!」我嚇得左右張望，生怕驚動了熟人。

「嘿，我可不玩血腥、暴力，那種事只有小說和電影裡才有，我不過是個平凡的家庭主婦而已。」

「可是你要求的事一點也不平凡，依我看，是既曲折又離奇呢!」

「他也不是罪大惡極，我推他一把總可以吧!如果不推他一下，我還得再忍耐多久，天知道。」

「眞的不能再忍耐了嗎?」我急於求證。

「不要勸我，我不希望這樣不死不活拖下去。你想想看，一個做丈夫的，從來不拿錢回家，房租、水費、電費、瓦斯費，樣樣都是我在張羅。他可以去才藝班接送小孩，但是學費免談，那不干他的事。這哪裡像個做父親的。」阿林愈說愈氣。

「至少他還會去接送小孩，也算是有美德嘛！」

「你不要替他掩飾，你算站在誰那邊？就是不夠壞，這一點才眞氣人。你沒聽人家說過，做生意大好大壞都是好事，大賺錢當然高興，大賠錢趁早死心，另謀出路，最怕就是不好不壞，餓也餓不死，賺也賺不著，白白浪費光陰。我這種老公不好不壞最要命，把我的一生都耽誤了。」

「至少他還沒弄些債務要你來扛，我認識一個人背了先生幾千萬的債呢！」我想用小巫見大巫的老招來搪塞她。

「他敢！那我就眞的要玩狠的嘍！」阿林一副要跟人拚命的模樣，「目前我只打算讓他出個小意外，好找個藉口逼他離婚。」

「何必離婚嘛！至少你現在還算有個甜蜜的家庭。」我拚命散播幸福的種子。

「少囉嗦，你到底幫不幫忙，給我老公製造一個外遇，讓我抓住他的尾巴，如願離婚。」

老實說，替人製造外遇，這事眞難。幸好垃圾車來了，我趕緊開溜，「下次再聊吧，阿林。」

我認識社會菁英

社會菁英一出生就已經二十五歲，穿暗色西裝、淺藍襯衫，打條紋領帶。社會菁英的父母早就知道，這個孩子注定不凡，所以在「日出」、「高升」、「玉山」、「成功」、「壯志」這些蒸蒸日上的名字當中左右爲難，遲遲未能決定。

「不如就叫他『菁英』吧！」父親最後說。

而他當然不會只屬於王家、林家、李家，他一出生就是屬於整個社會的，他不只要光耀門楣，他更應榮耀人類社會，所以父母親私下都叫他「社會菁英」。

社會菁英早早就去留學，他的名片上一定不忘記用黑色小字寫著「美國加州大學博士（UCLA）」，而他如果跟你通電話，一定會先說：「我是×博士。」免得你一時不察，又稱呼他「先生」。

社會菁英不可能用印有助理、經理，甚至總經理的名片，他勢必要擁有一家自己的公司，即使沒有員工也無所謂，和他相配的頭銜只有一種——「董事長」是也。只擔任一家公司的董事長，社會性顯然不足。

因此，社會菁英創辦了十家公司，雖然都登記在同一個地址，甚至共用相同的電話號碼，但是公司名稱繁多，必須印成三摺的名片，在在令社會菁英感覺到自己的重要。

社會菁英是不穿休閒服，也不穿運動鞋的，他認爲只有政客在選舉拉票的時候，才會穿成那副模樣。

社會菁英開B字頭的汽車，儘管是B字頭汽車裡數字最小的一種，也最便宜，但總是B車嘛！就算是要分期付款，他也會勇敢地承擔。

爲了配合他的汽車，社會菁英也細心挑選B牌皮鞋和B牌手提包，尤其是鑲有B字金屬釦的那一型。在他坐下來和人談生意的時候，他首先要確定手提包上的B字正面朝向對方，弄花別人的眼睛。

社會菁英從事的是什麼行業，你永遠搞不清楚，唯一令人興奮的是，他的市場持續在擴大。一開始，他瞄準的是本地三千萬、五千萬的市場，再來是兩岸三地五億、八億，現在他致力搶攻的是全球九百四十八億美元的市場。注意，是九四八億，而且是美元喔！

社會菁英一直在開記者會，在記者會上講那個全球市場、九百億、美元什麼的，他倒是沒提起他還欠房東九千塊房租，而且拖拖拉拉欠了好幾個月。這事是房東的小姨子和我一起唱KTV時吐露的，她沒跟記者說，因爲記者很少陪人家唱KTV。所以說，記者其實是沒掌握到什麼眞相的，如果他們只是一直去開別人爲他們開的會。

社會菁英每次都說：「我不需要錢，我手上握有很多錢，都是現金。」如果我不需要錢，我是不會賣股票的。社會菁英畢竟不是我們這種普通人，社會菁英每次都一面說「我不需要錢」，一面把公司股份賣掉，因爲他說「是要追求最快速度的成長、最大可能的利益、最新最振奮的未來發展」。

七月，社會菁英還擁有百分之百的股份，他是董事長。

八月，公司向企業家增資，社會菁英變成占四十九%的股東，他做副董事長。

九月，公司與大公司結盟，社會菁英持有二十五%的股份，他做總經理。

十月，公司與外國公司合併，社會菁英剩下十二%的股票，他做副總經理。

十二月，我在街頭遇見正在走路的社會菁英（老實說，我從來沒有看過社會菁英用自己的兩條腿在街上走路），穿的是休閒服和運動鞋。

「還是你聰明，沒有做公司。」他主動和我說話，令我受寵若驚，「我把公司賣掉了，我是不需要錢，我手上有很多錢，都是現金，不過現在我需要一份工作，我失業了，有機會幫我留意好嗎！」

你想，我幹嘛要替他找工作？當初他那九百四十八億美元裡，我可沒分到半毛錢呢！

偷偷告訴你，社會菁英的九千塊房租到今天都還不出，房東可能要採取行動了。

輯二

吃六頓晚餐的貓

席德從來就不是一隻普普通通、平平凡凡、規規矩矩的貓，牠一向能記住六個名字、適應六種口味、安眠於六張臥榻。

有女星的首映會

接到一通莫名其妙的電話，邀我去參加首映會，還說起照相什麼的。

「要幫你們拍照，團體照啦，就是大家站成一排，登出來小小的方塊，有很多頭在上面的那種。沒辦法啦，就給他照一下算了。」

邀請人講話的口氣，像是路邊攤販應付難纏的女客人，「唉呀，沒辦法，就隨便賣給你啦！」

我根本沒有搞清楚狀況，首映會跟照相有關係嗎？

弄了半天，原來是電影公司的新片上映，先辦一個晚會，找些有名有姓的人來看試片，大家在戲院門口拍一張合照，第二天的報紙上就會刊出這張豆腐乾大的團體照，並且說明：「眾星雲集，讚歎不已，齊誇好片……。」

電影試片，沒什麼大不了。每隔一兩個禮拜就有新片上檔，三不五時，總有認識和不認識的朋友，招呼人去看試片。

電影票是小錢，免費請人看電影，碰上愛理不理的情況居多。

「我已經傳眞了一份資料給你，明天中午十二點半有一場試片。」

「喔，知道了。」

「你會不會去？」

「嗯，不知道，再看看，如果沒有睡過頭，也許會去，但是也不一定。」

要死不活的回答。

明明是免費送上門的好東西，卻反而惹來「不稀罕」、「沒時間」、「再考慮」種種擺架子的行爲，眞是好心沒好報——想必試片主辦人和超市試吃員有同樣的心情。

「小姐，請試吃我們新出的火腿片。」

「哼！」

「先生，請試喝這杯新口味的優酪乳。」

「不要！」

「先生小姐，請試試看一部新片。」

「知道了。也許。不一定。再說吧。沒把握。」

試片既然不夠吸引人，首映會就得加點好料。

「你可以早點來，現場有準備很多小點心。七點鐘肚子會餓，如果來不及用餐，可以先拿小點心填一填。」

看來首映會真是不同，值得去參觀一下。

要化妝和穿整齊的衣服去看電影，覺得很奇怪。勉強套上一件有珠珠的上衣，下面還是穿我的平底涼鞋。穿高跟鞋看電影，我大概會神經錯亂。

不得了，會場真是眾星雲集，晚禮服、亮片包包、三吋長的假睫毛全部出爐。攝影機、照相機，幾十家媒體猛搶鏡頭。站在台上，感覺真是飄飄欲仙，我心想：「這下恐怕真是一夕成名了。」

拍完照，一干女星走得一個不剩。原來她們是純拍照，還要到別處趕場，並不看電影。

我傻傻地眞去看電影，化了妝的臉也不方便吃小點心，只能瞪著工作人員手上的點心盤，空自惆悵。

不過，拍照的盛況猶留有殘存的悸動，我有個希望，希望在明天。

第二天一早，迫不及待買份報紙，可不，是有張照片，擠在內頁的最下面一個角落，排排站著十幾個人，人頭只有半個小拇指指甲般大，連我媽也沒認出我來。

內文的報導裡，連我的名字也沒寫，只說出席捧場的女星盛讚劇情精采、豐富有趣、感人至深、賺人熱淚。

嘿，她們壓根兒沒踏進戲院一步呢！

所謂首映會，大概就是這麼一回事。

一張電影票

收到一張電影票，星期四晚上七點西門町一家戲院，試片招待券，一部商業味道很淡的藝術電影。

電影票是朋友的好心，可惜我早已另有聚會，無法分身。

一張票，一份心意，浪費掉太不應該。

轉送給誰呢？我盤算著。

盯著電影票上的日期、時間，我隱隱感覺這必然是一次艱難的推銷任務。

在電話旁邊坐了兩個鐘頭，我得到的回答全在下面。

——星期四看電影？你有沒有搞錯？你要去嗎？我是絕對不可能，要加班。加班，加班，每天晚上都加班，連周末都不得休息。怎麼辦，一年都沒有約會，我好怕喔，眞的會嫁不掉，我已經三十五了，連我表弟都嫌我老，小鬼頭，當著我的面就說：「你有三十五？眞的這麼老？」我哭了一個晚上，這次我是眞的害怕了，怎麼辦呢？

——晚上我都不行，要帶我媽去看病，老是在跑醫院，這一陣子好煩，人還是不要生病才好。我也應該去看看電影，白天好了，白天我可以蹺班，你有白天的票嗎？那下次吧，下次有票還是要問我一聲，不要忘了我。這次就算了，下次要記得，不要忘了，我是應該去看看電影。

——藝術片，我看不懂的。平常已經夠累了，何必再去電影院裡傷腦筋，動作片比較合我的口味，好久沒看電影了，偶爾也應該娛樂一下。你有沒有業務可以介紹給我，景氣太差，我們簡直是慘澹經營，你的人面好像挺廣的，有機會介紹介紹生意嘛！

——我看電影很挑剔的，好萊塢的大爛片，請我都請不動。這是什麼片，聽起來不是很有水準，也算藝術片嗎？說不定不是很藝術，只是假裝有藝術，片名就怪怪的，不是很有氣質。歐洲片嗎？是美國人投資的吧，不像眞的歐洲片。

——什麼？電影？電影院裡的電影？我不知道多少年沒看過電影院的電影了，都是租錄影帶嘛，要不然就看ＨＢＯ，有小孩以後，哪可能再上電影院，電影票多貴，你知不知道，小孩也煩，吵啊吵的，昨天一支錄影帶都沒看完，小的打大的，把他手臂上咬出一排牙齒印子，大的哭得要命，我們家這個小霸王，全無王法。

——戲院在哪裡？西門町啊！我不認識路。現在還有人去西門町嗎？那邊不是很荒涼嗎？

——不行，我要送兒子去彈鋼琴，彈完還要接他回來。鋼琴課貴得要死，一個鐘頭一千塊，一千塊呢！一個老師一天可以教好幾個學生，發死了，比做什麼生意都好。我兒子已經上了三年，繳的學費都夠人家買好幾架鋼琴了，想想眞是心痛，不如自己買個鑽石戒指來戴戴。不是我說，我兒子眞有點天分，音感很準，我兒子啊，從小就會打拍子，韻律十足，也沒人教他，天生就會。我兒子啊……。

這張電影票的去向，你大概猜得出來吧！

有時候，所謂藝術什麼的，下場不過如此。

找點子

世界上有很多種人。

每一種人謀生的方法都不相同。

有人靠祖產，有人靠薪水。有人靠老公，有人靠老母。有人收房租，有人放高利貸。有人賣漢堡發財，也有人買一艘法國軍艦狠狠賺進上億元財富。

不管靠哪一種方法謀生，似乎都有可取之處。

世界上最糟糕的事，據我的觀察，應該要算是靠著找點子來謀生了。

至於什麼人需要找點子呢？

嗯，搞廣告的、搞企畫的、搞劇本的、搞業務的、搞生意的、搞電影的，嗯，還有那些搞什麼周刊的都算吧！

反正要想東搞西搞，前提就是要能找到點子。

我的朋友胡高，可憐唷，正是一位從早到晚找點子的傢伙。

胡君大清早一睜開眼，就慌忙跳下床，衝往隔壁巷口的便利商店，匆匆瀏覽過報架，挑出五份日報，順便拿一個熱狗麵包、一罐冰咖啡，將就解決早餐問題。

五份日報從頭翻到尾，一個點子也沒有。別急，才一大早嘛！

趕緊打電話，找人吃飯喝茶談談天，臭皮匠聚在一起，說不定可以找到什麼點子。

約好了兩頓飯、三ㄊㄨㄚ下午茶。一個咖啡廳來來往往三批人馬，連屁股都不用挪動半寸，胡君挺讚賞自己的靈活。

趁著上午有空，到網路上逛逛，都說網路什麼都有，滑鼠上上下下按了兩個鐘頭，找不到半個點子。

胡君並不洩氣，打了五通電話，請教各方神聖，「有沒有好點子？」

答案仍未出現。

胡君赴了午餐之約、三ㄊㄨㄚ下午茶、晚餐之約，中間掃描過兩份晚報、三本雜誌，又打了四通電話。

革命尚未成功，同志仍須努力。

回到家，胡君立刻轉開電視，看了一部前些時很賣座的電影、兩個新聞報導與座談、三五個據說收視率正往上衝的綜藝節目。

儘管上下眼皮愈來愈靠攏，胡君不敢懈怠，打開電腦，再上網搜尋一番，順便廣發數十封e-mail，徵求綠林好漢，共襄盛舉。

凌晨兩點半，胡君打出最後一通求救電話：「要不要吃消夜，有沒有好點子？」幸好對方回絕了。

凌晨三點，筋疲力盡的胡君回想一天的生活：爲了找個好點子，自己讀了七份報紙、三本雜誌、訂了五個約會、上網漫遊四個半鐘頭、打過十餘通電話、寄出數十封電子郵件，還看了一部電影、七八個電視節目。

結果，連一個點子都沒找到。

別急，正要睡覺不是嗎？

胡君找來紙筆，擱在枕頭旁邊。

「夢裡沒準能找到個好點子呢！」胡高君爬上床的時候，依舊是信心滿滿。

兒童劇

「我是一個小丑，一個好心又好好心的小丑。」台上的演員一亮相，就贏得哄堂大笑，他把兩腳張開，搖搖晃晃向前走了兩步，然後雙手一攤，說：「我是——」。

「一個小丑。」台下幾百個聲音呼應著。

「一個好心——」

「好心又好好心的小丑。」觀眾大聲嘶吼，吼完又咯咯發笑。

「這是什麼玩意？」第一次踏入兒童劇場的大導演，似乎吞下一枚不明飛行物，梗住喉嚨，發出怪異的咕噥聲。

「兒童劇嘛，放輕鬆，跟小朋友一起開開心。」我盡力安撫一向眼高於頂的大導演，帶他來觀賞這齣本年度最賣座的兒童劇，不知道會不會是下了一劑太猛的猛藥，他的心臟承受得住嗎？我有點忐忑不安。

「大爆滿呢！連走道上都坐著人。」我故意用輕描淡寫的口氣說。

「全是買票的觀眾嗎？」大導演狐疑地問道。

「買票？還買不到呢！連演五十場，一個月前就已經訂不到票了。」我耐心向他解釋，「大人可以一年不看一齣戲，孩子可不能沒有文化，一個小孩就得有兩個大人陪，父母出動還是小場面，如果再加上同學、朋友、阿姨姑姑、阿公阿媽，那麼一家就能賣出七、八張票，不得了喔！」我仔細分析著經濟效益。

大導演像是挨了一記悶棍，癱倒在座位上。

第一幕持續了大約十幾分鐘，緊接著第二幕上場。

同樣的小丑穿著同樣的戲服，站在舞台上一模一樣的位置，觀眾發出一模一樣的哄堂大笑，他把兩腳張開，搖搖晃晃向前走了兩步，然後雙手一攤，說：「我是——」。

「一個小丑。」台下幾百個聲音呼應著。

「一個好心——」

「好心——又好好心——的——小丑。」全場大吼著回應。

「媽的，這是什麼玩意！」孩童們的咯咯笑聲震動屋宇，也震開了大導演原先被點住的穴道，他從齒縫間擠出話來：「連句子都狗屁不通，這也算戲劇嗎？叫他們把編劇、導演、演員全都給我找來，我給他們上課，全部重新訓練。」

大導演是戲劇博士，上一齣戲他身兼編、導、演三職於一身，最後甚至更過分的，自己擔任投資人。

「媽的，這也叫戲嗎？眞該讓他們來看看我的戲，長長見識，懂得什麼才算好戲。」

「可惜，他們都沒機會看到你的戲。」我揣摹演出惋惜的表情，「哦！我都忘了，上次你的戲一共演出幾場啊？」

「兩場。」大導演突然洩了氣，「總共來了不到兩百名觀眾，親朋好友們送票的送票，打電話的打電話，百般邀請都沒人賞臉。服裝、布景、製作費，花了我四百多萬。」

「唉，一切爲藝術，不一定要求大眾了解，能有少數知音也就足夠了。」我空泛地安慰他。

走出劇場，空曠的中庭裡，身高不滿一百二十公分的小小人兒規規矩矩排了一條長蛇陣，蛇尾巴上還繞上兩個圈圈。扮演小丑的演員神氣地一一與小戲迷或握手或合照，衝動的媽媽抱起小不點，摟緊小丑一直要親親。

大導演定定注視著人潮，眼睛裡有幾滴亮閃閃的東西。「媽的，就沒有半個鬼到後台來看我。」

「你不會眞想要小鬼的口水吧！」我說。

「第二天報紙上的劇評居然把我修理個七葷八素，媽的。」他又瞥了一眼中庭裡的小丑，說：「我敢擔保，他們一定不會害怕翻開明天的報紙。」

「不會有劇評的，評論家才不願意紆尊降貴去理睬兒童戲呢！」我假充內行說道。

「改天我來向他們請教請教，媽的，下回說不定搞個兒童劇。」大導演又向小丑那邊投下羨慕的一瞥。

嗄？這回輪到我挨了一記悶棍。

該怪連續劇

喬治王從來不看連續劇。

喬治王的人生卻完完全全是被連續劇摧毀了。

悲劇總是源自於無知。

喬治王其實是個高等知識分子，他讀《亞洲華爾街日報》，訂《FORTUNE》雜誌，投資高科技股票，結交政壇新貴。他的英語流利，財經術語琅琅上口，府院內幕瞭若指掌，從白宮異動到北京人事全逃不過他的如來法眼。

喬治王以爲自己是全知全能的，但是他對於連續劇卻一無所知，那是他不屑一顧的東西。

然而，就是這極細小的一絲無知，毀滅了喬治王整個世界。

喬治王一直密謀要趁老闆不在的時候，積極搶攻主要客戶，把公司最大宗的業務攬爲己有，進一步拐走人脈，自立山頭。

可惜他的老闆根本拒絕出國，每逢關鍵時刻，他就會說：「我怎麼能去香港呢！《大家族》只剩最後三集，正是鬥爭最激烈的時候，董事會的人全都在看這齣戲，我若是錯過了，怎麼鬥得贏他們呢！美國需要待上半個月，更是不行，《株式會社之謎》才剛剛開始，那裡面的政治黑手簡直是本地新興惡勢力的翻版，我可不能不小心提防。爲了連續劇，我絕不出國。喬治，你替我去吧！」

結果，喬治王連自己辛苦經營的客戶也被老闆吃乾抹盡。

幸好，喬治王口袋裡還私藏了一張秘密王牌——他的有錢老爹。王老爹年逾八旬，早已退休，上自耳鼻喉，下至攝護腺，全身沒有一處器官不鬧毛病，唯有手指頭矯健不輸長跑運動員，不曾停止過點數鈔票——他名下九幢大樓源源不絕的房屋租金。也是喬治王朝思暮想，盼望能夠順利承接的黃金寶藏。

王老爹沒事窮嚷嚷：「我可不想死喔！這麼多電視台，每天搬演電視劇給我們老人看，尤其是連續劇，頂好看。雖然說今天演了上半截，明天忘了下半截，老嘍，記性差，可人家演技精湛，場景豪華，服裝特別講究，實在是賞心悅目。牽掛著結局不知怎麼回事，我放不下心，不能隨便去死呵，得多看幾齣連續劇，好好爭這一口氣。」

王老爹愈老愈硬朗，穩穩當當收他的租金，至於喬治嘛，反倒是挺擔心自己的手指頭會不會因爲缺少運動而提前老化了。

儘管事業、財富俱都落空，喬治王仍積極朝著最後一個目標前進，希望把他的大姊及早嫁出閣，可以名正言順霸占家裡最大一間臥室。

無奈天不從人願，相貌平庸、年華老大的姊姊每天下班準時回家，守著電視猶如守著良人，忠貞不二，緊緊盯牢。王大姊一邊按選台器，一邊嘴硬地說：「誰稀罕男人呀！趙專員、錢科長，臭頭臭腦的，醜得不像話。你看《藍色愛情海》裡的東憲多帥，風度翩翩，有肌肉又有腦袋，除非是跟東憲約會，否則休想叫我放棄連續劇。」

《藍色愛情海》播畢，接檔的是《白色戀曲》，王大姊的約會對象又換成男主角俊佑，她照舊撂下狠話：「否則休想叫我放棄連續劇。」

只要連續劇沒完沒了地播下去，喬治王終究得放棄擠走大姊的夢想，而連區區一間臥室他也無法竊占。

更氣人的是，新交的小女朋友竟敢要求他和《白色戀曲》裡的俊佑一樣，送她三百朵紅玫瑰。

「三百朵玫瑰？神經病啊！」喬治王置之不理。

小女朋友斷然換了新手機，中止一切聯絡，絲毫不顧喬治王的高等知識和九幢大樓繼承權。

喬治王獨立於一片廢墟之上，口裡喃喃唸著：「三百朵玫瑰、三百朵玫瑰……。」

他第一次認識到自己的無知和渺小，他也第一次眞心誠意地懺悔，用他依稀學得的句子：「不看連續劇，我還算是人嗎？」

一切都是宣傳

金燕子強撐著熬了三天三夜的眼皮，裝出一副可憐兮兮的模樣，乖巧地聆聽經紀人訓話。

「大明星，不是我嚇你，你就快要不紅了。」經紀人每次用這段開場白，後面接的必定是長篇大論。「已經三個禮拜沒有新聞了，三天不見報，你就不算大牌，更何況是三個禮拜。你要是再不到太陽底下晾一晾，就霉得可以打打包當垃圾扔了。怎麼樣，有什麼好事拿出來做做宣傳吧！」

「每天沒日沒夜拍戲，哪有事？我只想睡覺，你饒了我吧！」金燕子低聲嘟囔。

「沒宣傳，絕不讓你去睡覺。和男主角談場戀愛如何，說你們拍戲之餘偷偷約會。」

「別亂扯，人家女朋友天天來探班，下了戲，我連一句話都沒和他說過。」

「那最好，他一定會強烈否認，事情愈描愈黑，反而讓人疑心。如果他女朋友發脾氣，我就指他左右爲難，三角戀愛更熱鬧。」

第二天，「金燕子陷入熱戀」的新聞占了好幾份娛樂報刊的頭條版面，接下來幾天，對方否認，女朋友哭哭啼啼，製作人和經紀人卻爲了大篇幅的免費宣傳樂得眉開眼笑，私下相約去喝酒慶祝。

「下一步，你要出面澄清。」金燕子面對新的指示。

「我自然要澄清，我跟他本來沒有什麼。」

「不是，你要澄清自己已經有了要好的男朋友。」經紀人說得斬釘截鐵。

「可是，我沒有啊！」金燕子露出眞正無辜的表情。

「不用擔心，我替你準備了一個，條件很好，有三高，學歷高、身高一八五、錢多多，開勞斯萊斯，住美國，還有一張模糊的照片。美國那麼大，記者打死也找不到人的。」經紀人信心十足，教訓道：「大明星，你還嫩，不懂媒體。媒體是餵不飽的怪獸，長期處於飢餓狀態，要不停餵它食物，食物和宣傳一樣，只管有沒有，不問眞或假，餓肚子的怪獸會咬人的，給它吃保麗龍都比讓它挨餓要好。」

太深奧的道理，金燕子無法吸收，反正經紀人高興就好，不來煩人，她可以補點睡眠。況且，經紀人交代她演的角色，通常都比戲裡簡單得多，像這回演戀愛中的女人，她只要對所有媒體流露陶醉、快樂、得意的心情，並且不斷吹噓對方的家世、儀表、財富，沒有劇本，即興演出，說了幾十遍以後，連金燕子自己都相信眞有這麼一個理想男人在美國癡癡等著她。

「你要嫁人了，婚期訂在下下個月。」經紀人有條有理地敘述她的婚事，婚禮將在美國舉行，雙方家長都會出席，新娘禮服要從巴黎訂做，首飾到香港選購，結婚照大概會選在台灣，可惜新郎太忙，沒法敲定確實的日期。

「會不會太過火啊？」金燕子有幾分擔憂。

「一定要有件婚姻大事，我才好發揮。」經紀人的長才在此時展露無遺。一個星期之內，他敲定了喜餅、金飾、床具、鑽石、婚紗攝影以及家庭平安保險六件婚禮要事——錯了——是六個廣告企畫案，全要求金燕子穿白紗禮服，總收入一千五百萬，經紀人忙著收拾合約與支票。

同一時間，金燕子得趕一連串的通告，上電視、廣播、雜誌、報紙，去談男女兩性、夫妻相處、家庭理財等等她全然無知的話題。

「沒有台詞，你能演嗎？」這回換成經紀人有幾分擔憂。

「不要緊，先生會讓我、疼我，家裡的瑣事都會幫我處理，我是最幸福的女人。叫人羨慕就好，不必表現聰明，大家都知道，笨女人才有福氣。」金燕子愈來愈融入角色。「演戲是不成問題，不過這婚事玩得太大了，到頭來怎麼收場才好？」金燕子畢竟只是演員，不是編劇。

「這事容易。」經紀人眉頭都沒皺一下，直接回答她：「過兩天，你跟媒體說，你們大吵了一架，婚事取消，你要重新思考你的人生方向。」

看畫

畢卡索美術館裡，來自世界各地的人潮一波波湧入。

二十世紀最偉大的畫家，誰都想瞻仰一下他的畫作，了解一番他的生平事蹟。

美術館樓上樓下掛滿了畢卡索的繪畫，間或擺設著大型雕塑及陶瓷製品，樓梯間的牆壁上盡是畢卡索的生活照片和他前後四任夫人、五位同居情婦的繽紛玉照。

而令人流連徘徊、久久不去的，倒未必是他那些聞名於世的立體派繪畫，會吸引人駐足談論的，卻是樓梯旁翻拍得不甚理想的眾多女性人像。

「這就是他的第五任情婦啊！好年輕，認識他的時候，才二十歲吧！」婦女觀眾擠在照片前面，專心地研究著。

「笨女人，跟他搞了十年，也沒結成婚。」熟知內幕的權威忍不住發言。

「七十歲配二十歲，太厲害了，他有特異功能嗎？」可以聽見驚呼的聲音。

「那算什麼，他八十歲時又換一個女人，還生出一個小兒子呢！這個太太莎克蓮才眞厲害，才花了幾年時間，就繼承了大筆的遺產。」權威的情報最豐富。

「我比較喜歡第一個太太，挺有氣質的，好像是跳芭蕾舞的是不是，看來是個好女人，情婦都不三不四的，長得就很輕薄，大概都是他的模特兒吧，跟人家亂來。」長得像好太太的婦人這麼說。

「這個最笨，白白給他畫了幾百張畫，結果自己手上一張也沒留下來，跟男人要也要不到，吵翻了天。」

「他的畫那麼値錢，怎麼不偷偷收藏一些，就當是私房錢嘛，女人都該有這個腦筋才對。」

「我還是覺得第一個太太漂亮，後面幾個根本比不上，你看這個多醜。」

「畢卡索戴牛仔帽也好可愛。」

「這個大女兒後來不是做了設計師嗎？她是哪一個太太生的？」

「他兒子才好命，那麼小就已經是大富翁了。」

「好了，去看看畫吧！」權威帶頭先離開。

一群人在美術館裡緩緩前進，仍然按捺不住悄悄聲交談著。

「這種怪畫我根本看不懂。」有人實話實說。

「眞是了不起，你不覺得嗎？很了不起耶！」

「你看得懂嗎？」

「不是懂不懂的問題，藝術就是了不起嘛！讓人很崇拜，藝術是崇高的。」

「我先生最近一直抱怨，都說我們拖累了他，如果沒有我們一家人，他自己賺一份薪水，可以花得很痛快，不會像現在這樣。我是跟他說，講話也要憑良心，我當初嫁他的時候……」

「這張畫很特別，線條滿有趣味的。」

「如果我現在是一個人，我有退休金，也是很舒服，他做生意，我還不是貼了好多錢，這樣講話沒有道理……」

「嗯，這張看不出來是在畫什麼。」

「我會不會吵到你啊！你看你的畫，我平常也是很安靜的人，有時候也會一個人看書，不過我還是跟我先生說，大家在一起這麼多年，不要傷感情……」

「畢卡索實在偉大！」

「這種畫我看不懂，鼻了嘴巴都歪歪的，爲什麼不畫正常一點。那邊有些正常的就比較好。你常常看畫展嗎？」

「喔！我愛看，愈奇怪的愈好，看得懂的沒有意思，我只崇拜看不懂的畫。」

「我以前也會畫畫，只是結了婚就沒有辦法，我先生很麻煩，他什麼都不准我做，所以我說他不要太過分……」

「這張眞正是傑作，完全不能理解，大畫家確實不是凡人，天才，畢卡索，天才！」

「眞的是天才喔！我應該叫我先生來看，他這個人，不是我說……」

吃六頓晚餐的貓

「席德有六個主人，所以牠有六個家，每天可以吃六頓晚餐。」

「每一個主人都相信席德這隻貓只屬於他們自己。」

「這樣的生活對席德來說簡直太完美了，直到有一天……」

這是一本童書的介紹詞，書名很清楚，就叫《吃六頓晚餐的貓》。

一隻普普通通、平平凡凡、規規矩矩的貓，只會苦苦守著一個主人，牢牢抓緊一個破窩，癡癡等待一頓淡而無味的晚餐。大體上，和一個普普通通、平平凡凡、規規矩矩的人，也差不多。

書，本來都是神話。

童書，更徹頭徹尾說些不受拘束的童話

如果在童話王國裡，有一隻夠聰明的貓叫「席德」，牠就可以住在亞里斯多德街的一號、二號、三號、四號、五號和六號，被人親暱地喚作無賴、夥計、魔頭、傻蛋、黑糖或者霸王，睡六張床，用六種樣子撒嬌，更好的是……。

穿梭於六戶人家，吃雞、吃魚、吃羊肉、吃碎肉、又吃魚，最後吃的是燉牛雜——整整六頓晚餐。

沒有人知道席德在搞什麼鬼，每一戶人家都以爲自己是唯一的主人。

直到有一天……

患了重感冒的貓，去看了六次醫生，吃了六湯匙的藥，終於東窗事發。

主人們在氣憤之餘，決定以後只准牠吃一頓晚餐。

但是席德從來就不是一隻普普通通、平平凡凡、規規矩矩的貓，牠一向能記住六個名字、適應六種口味、安眠於六張臥榻。簡單說，牠就是一隻「吃六頓晚餐」的貓，牠的命運如此。

六頓晚餐，是本性，是不能改變的。

聰明的貓，不會改變自己。

聰明的貓，也不會苦苦地、牢牢地、癡癡地巴望著主人放寬心胸，接納牠的本來面目。

聰明的貓，只是聰明地搬往畢達哥拉斯街，去住在一號、二號、三號、四號、五號和六號。

那裡的人不一樣，那裡的人都知道席德要吃六頓晚餐，根本沒有人在意這回事。

童話故事大概都有背後的意義，大人要費心講解給孩子聽。

這是一本好書，得到英國的大獎，也獲推薦爲優良課外讀物。家長大可放心爲孩子選購。

令我困惑的是，不大明白要如何向孩子說明故事背後的意義。

這故事其實很深刻，深刻得讓我想推薦給所有的大人，作爲成人的「優良課外讀物」。

我放下童書，眼前似乎貓影幢幢，許多到處吃晚餐的貓，許多聰明得你永遠不知道牠在搞什麼鬼的貓。

買下六幢大廈，跳上六張席夢思的男人；

收藏六件珠寶，奉獻六個夜晚的美女；
擁有六張面具，六十種藉口，還有六百份事後說詞的政治明星；
攜帶六本護照，飛往六個敵對國家，鉅額外匯乾坤挪移的大投資家；
或者只是一名卑微恭順的小職員，每個月用十六次遲到早退，賺進六份外快。
誰是貓？
誰是聰明貓，一隻吃六頓晚餐的貓？
主人呢，誰又是主人？
貓是牠自己，沒有問題。有問題的反而是主人，住在亞里斯多德街上，認定自己被欺騙了的主人們。
欺騙與否，是人的想法，貓兒不懂。貓兒也不懂得縮小胃口，與其痛苦地改變，不如靈巧地搬家。
不用擔心，永遠有人住在畢達哥拉斯街，他們根本不在意一隻吃六頓晚餐的貓。
這故事的教訓，容我說：請善待你的貓，不要追究牠的晚餐，否則你只是白白便宜了畢達哥拉斯街上的人。

書店的午夜派對

書店打烊後，書本們的午夜派對馬上開始。

俗話說「物以類聚」，真是一點也不錯。封面上寫著《柏拉圖》、《蘇格拉底》、《孔子》、《孟子》的那些傢伙圍成一個圓圈，展開他們的滔滔雄辯，這些愛講話的老傢伙一坐幾個鐘頭，身體文風不動，長舌頭卻一秒鐘也不得休息。

《雞尾酒指南》、《家常菜食譜》、《煲湯不求人》、《各地小吃》，湊在一塊兒，互相展示叫人流口水的精美圖片，悄悄聲交換著私房祕方。

置身在店裡最醒目的一處平台，因緣際會結成鄰居的各式書籍，舒服地伸伸懶腰，擺擺龍門陣。

《事業成功》、《人生成功》、《賺錢一定成功》三兄弟交頭接耳，商量了半天，最後推出大哥代表發言。

「我們要告訴大家一個八卦。」大哥一開口，書本們全擠到他身邊來，誰也不想錯過聽八卦的機會。大哥正了正臉色，說：「就是關於我們三兄弟的作者，他其實一點都不成功，他做生意每做必垮，又離了婚，孩子也不理睬他，現在不僅沒有賺錢，反而負債累累，我們擔心他最近可能會潛逃出境呢！」

大哥停住片刻，想看看人家的反應，奇怪的是，大家不僅沒有驚訝的神色，反而好像很失望。

「我還以爲會有什麼新鮮事，一點都不稀奇嘛！」《光明勇士》毫不隱藏他的不滿，繼續說，「我的家族裡其他人像《積極勇士》、《奮鬥勇士》、《不服輸的勇士》，你們一定都見過。」很多人頻頻點頭，「我們家族比你們三兄弟壯大得多，可是我們的作者膽小如鼠，什麼都怕，成天怕偷拍，怕得癌症，怕世界大戰，怕走在人行道被跳樓的人砸中。他夜間失眠，白天疑神疑鬼，眞是又消極又黑暗，標準的懦夫。」

三兄弟聽得連連吐舌頭，一句話也說不出來。這時只見《香媚兒之戀》披著薄紗晨褸，款款而立，輕啓櫻唇，慢條斯理地說：「講到家族，我們《戀》小說自然不能沉默。」

《戀》小說是書店裡勢力最雄厚的家族，他們整整占據了一整堵牆面，他們外表顯得弱不禁風，可是他們即便輕聲軟語，也比其他人大吼大叫更能贏得尊重。

「我們的作者雖然一個個愛情故事編織得叫人如癡如醉，事實上——」《香媚兒之戀》最會賣關子，非要等到眾人把目光齊齊聚攏，謎底才會揭開。「他們根本從來沒有談過戀愛，連一次都沒有。就是因爲完全沒有經驗，他們才會把愛情描寫得有如高溫融化的巧克力濃汁，又甜又膩，讓人一沾上就無法放手。他們幻想身邊的每一個人每分每秒都在暗戀自己，儘管一輩子都不過是自欺欺人。」

群眾騷動不安，午夜派對似乎揭露了太多祕密，一時叫人措手不及。

「哼！原來作者都是些言行不一的僞君子。」不知是誰忿忿不平。

「話也不能這麼說，」角落裡有一個暗啞的嗓音，「像我的作者就是一個言出必行的正人君子。」

許多顆腦袋轉來轉去，搜尋聲音的來源，啊，是了，《完全自殺手冊》正縮頭縮腦蜷曲在側，趁著大夥兒注意到他，他又補充說明：「我的作者就眞正自殺了，他絕不做欺騙讀者的事。」

人群中傳來低低的歎息。「太可惜了！」「英年早逝！」「何苦呢！」「好心痛喔！」大家都挺難過的。

遠端傳來一陣嘻鬧聲，是書店的新貴——線上遊戲光碟拚命廝殺叫囂，「砰、砰，又幹倒一個……」「快，快，打右，打左……」

「只不過是一場遊戲，不必太認眞嘛！」又不知是誰冒出來講話，少了剛才的忿忿不平，語氣和緩許多。

「就是說嘛！何必苛責作者呢！反正連讀者都快要消失了，我們書本們應該團結一致才對。」《成功》家族、《勇士》家族、《戀》家族，都在不知名的號召下，集體宣誓要「積極奮鬥，直到成功，愛戀讀者，此情不渝」。

輯三

咒語專賣店

我設計出一種火車票大小的硬式卡片，和生日卡一樣，打開來，就會唱「生日快樂」歌，只不過咒語卡片唱的，當然，是一種咒語。

咒語專賣店

想要開一家店，已經很久了。

到底要開什麼樣的店呢？卻一直也想不出來。

有一天匆匆忙忙趕著過馬路的時候，就在斑馬線的正中央，靈光乍現。

沒錯，一家咒語專賣店，這就是我想要開的店。

咒語，是我的專長，任何時間只要唸上幾句，保證事事順心，樣樣如意。

我設計出一種火車票大小的硬式卡片，和生日卡一樣，打開來，就會唱「生日快樂」歌，只不過咒語卡片唱的，當然，是一種咒語。

清早一開店，就有客人上門。

「是賣咒語嗎？」

「是、是，各式各樣，應有盡有。」

「都是用來詛咒人的嗎？」

「咒語不一定是用來詛咒人，平常希望好事成眞也一樣可以用。這裡有很多種都是一般用途的。」

「有上班可以用的嗎？」

「有啊，這些綠色的都是。像早上趕上班，怕遲到，就可以用『一路綠燈』、『公車快來』、『火車準點』、『來得及』，這些都不錯，怕挨老闆罵的人，用『不怕、不怕』一定沒事。」

「有效嗎？」

「保證有效。把卡片打開，讓它唸上三五遍，立刻氣定神閒，效果神速呢！」

「有沒有對付老闆用的？」

「看紅色這邊。『豬頭』、『誰怕誰』、『你一見我就笑』、『馬上加薪』、『今天放假』，都很好用的。」

「似乎都太和氣了，不夠凶狠。」

「違背善良風俗的，我們不能銷售。不過，這些絳紫色的，你不妨選選看，是真正爲上班族設計的呢！『利潤完全歸於員工』、『不加班』、『免打卡』、『只有讚美』、『咖啡和衛生紙免費供應』。」

「唉，好像天堂一樣。」

「咒語本來就是要給人生活在天堂裡的感覺。」

「和愛情有關的在哪裡？」

「愛情的最多，粉紅色和粉綠色的都是。這也是本店最別出心裁的設計，粉紅色給女生用，粉綠色給男生用。」

「愛情爲什麼要分男生女生呢？」

「哈，男女大不相同。粉紅色這邊，你看，是『他愛我』，相配的粉綠色是『她會給我』。賣得最好的粉紅色是『天天有愛』，粉綠色是『天天有性』。日劇迷最喜歡的『要幸福喔』，也有粉綠色的『要性福喔』。」

「好低級喔！」

「沒辦法，在商言商，男生喜歡這個調調。」

「我還是想找惡毒一點的東西，咒語嘛……。」

「儘管說，不要緊。你想用來對付誰呢？」

「呃，前任男友，移情別戀的死傢伙。」

「犯罪的事，我們也不能做。咒人家摔飛機、出車禍、腦袋開花，萬萬不可。話雖這麼說，還是有別的辦法。來，來，黑色這幾則都很貼切，你一定會喜歡的。」

我拿出放在櫃台底下的一疊黑色的祝福卡，上面寫著：祝你的新女友是——醜八怪、八婆、工作狂、購物狂、性冷感、雙性戀、有狐臭、香港腳、睡覺打鼾、不洗澡、腳踏兩條船、B型肝炎帶原者。

「好，好，太好了，多少錢？我全部都要。」她歡歡喜喜掏出錢包。

我早就知道，趕不上公車沒關係，老闆討厭也沒關係，女人嘛，女人的弱點就是男人。

我得再去想點更惡毒的東西才行，老客人下次再來，得有新貨上架是不是。

魅惑的水晶珠鍊

那一串水晶珠鍊斜倚在珠寶店的絲絨台座上，魅惑地對我眨眼睛。

我湊近去看，暗紫色的水晶珠珠，叮叮噹噹搭了三串，用一顆鑲滿小水鑽的銀釦拴緊，釦環上還綴了七、八條細細的水晶縂飾。

暗紫，有著讓人沉淪的力量。

而長長的珠鍊，如果多繞上一圈，就會變成六條緊貼脖子的短頸箍，炫亮而俗麗，正是我喜歡的那種誇張風格。

不打算輕易投降，在店裡閒逛了一圈，沒看上什麼好貨色，踏出店門前，頭一偏，那串珠鍊仍在沒命地對我眨眼睛。

怎麼辦呢？

腳步硬生生被拉回來。把珠鍊捧在手上，試了又試，戴了又戴。

笑瞇瞇的售貨小姐，報出一個叫人笑不出來的價錢，哇，足足夠買十條普通項鍊。

「值得的，設計師親手串的，只有這一條，再也找不到這麼好看的珠珠了。」她們總是這麼說。

原本只是出門洗個頭，結果竟然帶了一串昂貴的水晶珠鍊回家。世事眞難料！

「我哪有機會戴上你啊？」瞪著如今斜椅在我梳妝台上的珠鍊，叫人有點心虛。

「機會應該很多，女人嘛，總有個約會、應酬是不是，」看起來心滿意足的珠鍊，反過來安慰我，「安啦，窮擔心什麼！」

她實在太不了解，女作家其實不能被稱爲女人，她們多半是一種性別不明顯的模糊生物。

水晶珠鍊在梳妝台抽屜裡躺了一年，無人聞問。兩年，仍舊不見天日。到第三年，她終於發飆了。

「難道我不是天生尤物嗎？爲什麼不讓我見見世面呢？再等下去，我都等老了。」

她氣得猛吹氣，恨不得一口氣吹乾淨幾百顆小珠珠上面覆蓋的細粒灰塵。

「你是天生尤物，但我不是女人。」不能也不忍告訴她眞相。

爲了一串擔心年華老去的珠鍊，我積極爭取那「應該很多」、「事實上卻根本沒有」的一種東西——名叫「機會」。

也許不要太苛求，只是在大飯店裡，和一個體面男人吃餐飯，讓水晶珠鍊有機會露露臉就行了。

親友團千辛萬苦找到一位經常出入大飯店的有錢人，請他打電話給我。

「那麼我們就見個面吧！」有錢人似乎不太情願，「約在大飯店可不行，認識我的人太多了，不方便。」我們到底要做什麼？兩個陌生人還能做什麼？

「膽小鬼，」水晶珠鍊的暗紫色都快氣成豬肝色了，「有錢人都是膽小鬼，而且沒有品味，絕對沒有品味。」

我和有錢人約在僻靜巷道裡的僻靜茶樓。

而我，當然把水晶珠鍊留在家裡，套上洗得發白的工作褲，和鬆鬆垮垮的T恤，怎樣，反正又不上大飯店。

僻靜茶樓的腐皮捲不脆，叉燒酥不酥，奶皇包硬得像鐵蛋，而普洱茶又苦得如同毒藥。至於我的一身打扮，相信也叫有錢人難以下嚥。

「你說得對，沒有品味，絕對沒有品味。」

一回家，迫不及待換上睡衣的我，向水晶珠鍊報告約會經過，不由得讚歎她的先見之明。

「所以我還是沒有機會出場？」她意興闌珊地隨口問問。

「不會，我已經想好了。」

我解開鑲滿水鑽的銀釦，把水晶珠鍊穩穩地在脖子上繞了一圈，看，多麼華麗的裝飾！

「以後我穿著睡衣寫稿的時候，就戴著你。我們不上大飯店，也不靠有錢人，哼，男人，去他的。」我自以爲得意。

「這樣看來，女作家的命運，雖然說不上悲慘，但也眞是挺無奈的。」她打了個同情的呵欠。

唉，水晶珠鍊總是對的。

粉紅色的寵物豬

看情形，再不養隻寵物，我恐怕會被社會完完全全孤立起來。

我的男朋友養了一隻狼狗叫「來福」，我的女朋友養了一隻波斯貓叫「胖胖」，我的阿公養了一隻畫眉鳥叫「啾啾」，我的侄兒養了一隻巴西烏龜叫「壞蛋」，就連我那才三歲大的外甥女，都有一隻絨毛企鵝，名字嘛，就叫Penguin。

他們一開口講話，不外是：

「來福昨天又消化不良，帶牠去看醫生，吃了藥，一晚上都不安靜，睡得好不安穩。」

「胖胖最近又重了些，大腿捏著肉肉的，眞該給牠少吃一點，牠又懶，吃多了動也不動。」

「我的啾啾這幾天都沒有出門，心情一定不舒服，明天我要去公園，讓牠曬曬太陽。」

「壞蛋，給我滾過來，你跑去哪裡了！」

「Penguin呢？Penguin怎麼不見了？我要抱抱Penguin嘛！」

他們不關心我的腸胃、我的體重、我的心情，他們不要我抱抱，也不會叫我滾過來。他們關心的只是自己的寵物，更糟糕的是，如果不談寵物，他們根本連話都懶得跟你說。

我一氣之下，也決定來養寵物，我找到一隻粉紅色的迷你豬。

傍晚，我拖著一身疲憊回到家，沒有人來迎接我。粉紅豬在牠的豬床上呼呼大睡，並且發出噁心的鼾聲。

「欸，豬，拖鞋呢？你不是應該叼拖鞋給我嗎？」我對著暫時還未命名的寵物大叫，用力把牠搖醒，教訓牠應盡的義務。

「唉，眞煩，」牠翻個身，連眼皮都懶得睜開，「那是狗，狗能幹，會服侍人。」

「你起碼也要搖搖尾巴，對我表示親切的意思吧！」在外面辛苦奔波，為我們兩個賺取三餐，我難免有些委屈。

「你瞧瞧我這捲尾巴，怎麼搖？」我端詳著新綁上漂亮蝴蝶結的淡紅色捲捲尾巴，心裡想：倒也是眞話。

「狗才搖尾巴，狗老想取悅人，一點尊嚴也沒有。」牠的高見之多不輸給吵鬧不休的政客。

「豬，那你起來給我抱抱總行吧！」我期待得到寵物的溫暖，畢竟外面的世界稍嫌冰冷。

「唉，眞煩，」牠又翻個身，睜開半隻眼皮，輕蔑地睨著我，「那是貓，貓靈活，會依偎人。」

「天啊！養你做什麼？你連一隻貓都不如。」得不到溫暖的我備受打擊。

「貓要爬樹，又要捉老鼠，整天忙個不停，絲毫不懂得享福。」牠繼續大發謬論。

「你最懂得享福，每天睡大覺，一動也不動。」我氣得冷言冷語嘲諷牠。

「是呀，我最會享福了。」牠居然大言不慚。

「你吃我的飯，睡我的床，豬，總要做點事情報答我才對。」我偷偷計算牠花掉了多少新台幣，「不然，唱首歌討我開心也成。」

「唱歌可以，」聽到牠這麼回答，我渾身的疲累都消失了，心情像鳥兒一樣快活，「不過小鳥唱歌清脆悅耳，我可做不到，我只會發出打呼的聲音，像這樣……」轟、轟、轟，接著，整個房間有如壓路機輾過般震動不已。

「饒了我吧，豬，豬，不唱也罷。」我摀住牠的嘴，差點把牠悶死。

「咳，咳，小心，你真是太粗魯了。」

「對不起，可是我真的覺得你該做一些事情，難道你不想做什麼事嗎？」我功利地說，「譬如討我歡喜，跟我親近什麼的。」

「讓我想想，」我滿懷期待靜候牠的回答，半晌，牠從鼻子裡噴出一聲，「哼，我想，不需要做什麼。我是一隻豬，你應該了解。」說完，牠背對著我，再也不發一言，獨自進入美麗的夢鄉。

我能怎麼辦呢，你說？

我會繼續養牠、愛牠、寵牠，而且我不會叫牠「壞蛋」或「Penguin」，我認真考慮叫牠「粉粉」或者「Pinky」，要不「豬豬」或者「Piggy」也都挺好。

畢竟牠是粉紅色的，牠捲捲的尾巴配上綠色、藍色、紫色，幾乎任何顏色的蝴蝶結都漂亮。牠是我的寵物，我再也不怕被社會孤立。

前進非洲

非洲某小國的官員私下來拜託我，想要徵求一些高水準的人才，自願去爲他們落後地區的人民服務。

我爲他草擬了一則求才廣告，刊登在報紙和網路上：

「誠徵人才：具備高學歷、高能力、尖端技術，有熱忱、有抱負、有理想，自願爲解救非洲大陸苦難同胞而犧牲奉獻。服務期間至少三年以上，亦可無限期留任。薪資無，須自備旅費及盥洗用具。有意者請面洽。無誠勿試。」

面談當天，我不抱希望地推開辦公室大門，卻赫然發現早已有二三十位西裝筆挺的男士，坐立不安地在會客室裡等待著。

黑人官員似乎和我一樣驚訝，他偏過頭，悄悄對我說：「貴國人民眞是熱情，我的心中有很多感動。」

我原諒他的修辭不佳，落後國家嘛！

「先別太高興，給他們考考試再說。」我滿腹狐疑，審愼地進言。

小官員坐上主考官的大皮椅，倒也人模人樣。

「先傳第一號。」

「一號請進。」我對著外面大喊一聲。

「是要去非洲嗎？」一號拎著公事包匆匆進來，屁股還沒靠穩座椅，就開始問話。

「是。」

「很落後的地方嗎？」

「是。」

「連電腦都沒有嗎？」

「是。」

「太好了！」

嘿，有沒有搞錯，是誰考誰啊！

「你是做什麼的？」終於輪到主考官發問了。

「我是電腦工程師。」

「賺很多錢嗎？有能力嗎？可以替人民服務嗎？」主考官頭腦還算清楚。

「我有國立大學碩士學位，現在擔任高科技公司研究發展部經理，年薪好幾百萬，還有分紅配股，名下有三間大廈、兩幢別墅，開ＢＭＷ，車庫裡還有一輛BENZ。不抽菸、不喝酒，無不良嗜好，可以每天工作二十小時，情願一心一意爲非洲人民效命。」

主考官和我交換了一個困惑的眼神。

「你一定要錄取我。」一號突然直起身子，逼近辦公桌對面的黑人小官。我以爲他準備動粗，趕緊湊上前去。

「冷靜一點，冷靜一點。」

只見一號滿臉通紅，涕泗縱橫，不住唸叨著：「一定要錄取，一定要錄取。」

「我要說清楚，你要聽清楚，以後不可以懺悔。」黑人小官倒先冷靜下來，不過修辭還是慘不忍睹。

「是後悔，不是懺悔。」我提醒他。

「喔，不可以後悔。」

「絕不後悔，絕不後悔。」一號連忙回答。

「我們非洲很窮，沒有錢給你，你要自己帶錢，自己帶衣服，自己帶牙刷，自己帶茶包，我們會送你開水。」

「有開水嗎？那就太好了。」一號似乎真心歡喜。

「你還有其他問題嗎？」

「有，你們非洲連一台電腦都沒有嗎？」

「我們的人民從來沒有看過電腦，我們也不用西元的年。二千年對我們沒有意義，Y2K不是問題，到三千年Y3K的時候，我們的人民恐怕還不會用電腦。」

「萬歲！這正是我要的工作，我拒絕再看到電腦。」一號顯得歡欣鼓舞，邊站起身，邊振臂高呼，「前進，前進，前進非洲。拒絕，拒絕，拒絕電腦。」

他推開門，一屋子的西裝族都站起身，尾隨他，呼著相同的口號。

「貴國人民眞是太熱情了。」非洲小官不停向我道謝。
「哪裡，哪裡，電腦工程師總是熱愛非洲。」我有口無心漫應道。

企鵝蛋

「一起去看企鵝蛋吧！」

「什麼？」

「一——起——去——看——企——鵝——蛋！」他一個字一個字大聲說。

高大木訥的男朋友很少提議「一起」去做什麼事，通常他只會附和我的意見，跟在我後面，像一隻巨型的企鵝保鑣，搖搖晃晃茫然前進。

所以，他第一次開口說話的時候，我完全不能理解。

「企鵝蛋？」

「嗯。」

「新聞報導裡面的企鵝蛋嗎？」

「嗯。」

「爲什麼會想去看那種東西呢？」

「只是想看。」

「我最討厭新聞裡面的東西，簡直就是另一個世界，跟我沒有關係。」

「嗯。」

「是想去看企鵝嗎？我倒是喜歡企鵝，很有主見的樣子，根本不甩菜頭菜腦隨意偷窺的人類。」

「不是看企鵝，是去看企鵝蛋。」

原來他還有這麼固執的一面，我從來不曾留意。

「企鵝蛋是看不到的。」我用篤定的口氣說話，然後翻過身，注視著窗外飄忽的雲朵。

他異樣地安靜。

「雄企鵝和雌企鵝都會孵蛋，牠們把蛋放在屁股底下，要好幾十天才會孵出小企鵝。藏在屁股底下的蛋，你怎麼看得到呢？」

他一聲也不吭。

「而且雄企鵝和雌企鵝都互不相讓，不管是誰搶到蛋，絕對不肯再交給別人，我們連偷看一眼的機會都沒有。」我用從新聞裡面學來的零星知識，勉強說給他聽。

「就是想去看『看不到的企鵝蛋』。」奇怪的回答。

「想看『看不到的東西』？」我聽見自己聲音裡的驚奇。

「你上次去阿里山看日出，結果不是也沒有看到日出嗎？」

「我上去阿里山三次，三次都沒有看見日出，我現在根本懷疑阿里山到底有沒有日出！」我恨恨地說。

「那你不也是去看『看不到的東西』嗎？」

「這個跟那個不一樣，日出是可以看到的，哎呀，什麼跟什麼嘛，怎麼講不通呢！」我有點發火。

「去年春天你去日本看櫻花，不是也沒看到嗎？」他慢條斯理地說。

「那是因爲我去得太早了，不夠暖，花還沒有開。」

「總之，是去看了看不到的櫻花。」

這次，換我一聲不吭。

「可以去嗎？」他在耳邊小聲說。

「究竟是爲什麼呢？」

「企鵝蛋聽起來圓圓的，很迷人。很想去看看。」

「不可以打開冰箱，看看雞蛋就好嗎？」

「不可以。」

「可是看不到呢！」

「嗯。可以去嗎？」

結果，當然是，我們一起去動物園，看了看不到的企鵝蛋。

作爲一個正常人，我知道我的弱點就是，會被比我瘋狂的人牽著鼻子走。

可是我並不難過，整個世界不都是如此嗎？

況且，企鵝蛋聽起來圓圓的，很迷人，值得爲它寫這篇文章呢！

瞌睡蟲先生

瞌睡蟲先生嗜睡如命，他一倒上床立刻鼾聲雷動，任憑電話吱吱叫、門鈴叮咚響、地震左右晃，全都無法搖撼他一根毫毛。即使有人在耳邊輕輕呼喚他，使勁揉搓他，也不可能把他從睡鄉中拉扯出來。

一旦離開了床鋪，瞌睡蟲先生馬上打起長長的呵欠，半瞇著惺忪睡眼，摸摸索索刷牙洗臉，準備享用一頓豐盛的早餐。

進早餐的時候，瞌睡蟲先生不會轉開收音機聆聽晨間新聞，餐桌上爲他擺放的一份早報，他用兩根指頭小心拎起扔到字紙簍裡，邊歎氣說：「世界大事全都發生了，全都過去了，我一件也來不及參與。」之後，他心平氣和地撫摸微脹的肚子，滿意地離開餐桌，帶著歡歡喜喜的笑容迎向新的一天。

他推門出去，含笑問候左鄰右舍，那些一早醒來即受到新聞嚴重污染、驚嚇、神色倉皇、心中恐懼的人們，簡直不敢相信瞌睡蟲先生的好精神，他們一致公認，「他是個快樂的人。」少有的，快樂的人。

瞌睡蟲先生勉強支撐到辦公室，一靠向座椅，他又忍不住合起眼皮。

小小一個辦公室山頭林立，派系分明，四方人馬各擁重兵，分分秒秒爭鬥廝殺，火藥硝煙永無寧靜之日。

瞌睡蟲先生總是在半夢半醒之間，頷首聽著各種提案、新資訊、小道流言、爭執與抱怨、惡意中傷和漫天大謊，而他自深沉均勻的呼吸中，偶或擠出一句：「嗯，嗯，有道理。」這已是他薄弱意識之下瀕臨極限的反應。

辦公室的人全都敬他愛他，沒有人像他慷慨給予這麼多的支持、鼓勵，這麼深的同情、安慰，還有這麼全然、這麼無條件的信任。他們需要瞌睡蟲先生，大家相信，「他是個公正的人。」少有的，公正的人。

瞌睡蟲先生也想跟著別人去買股票、挑彩券，畢竟財富是永遠不嫌多的。可惜睡魔似乎有意和鈔票作對，證劵公司的螢幕彷彿散布一團濃濃的睡氣，瞬間即催人入眠，待他醒來，人去樓空，股市早已收盤。瞌睡蟲先生落寞地喃喃自語：「我只不過睡了一下下。」

同事們興高采烈結伴去投注站，在六個傷透腦筋的號碼上賭自己的運氣，瞌睡蟲先生追隨眾人的興致很高，但他剛打算抬腳，便不由自主地說：「讓我先睡一下下。」

當然，開獎都結束了，瞌睡蟲先生還沒有醒過來。

別人都撈到發財的機會，瞌睡蟲先生卻始終沒份，不料風水輪流轉，景氣倏然滑落谷底，當年發財的一夥人全軍覆沒，唯有瞌睡蟲先生老神在在，守著分毫不減的定期存款，可可靠靠過日子。

這時，以前從不正眼瞧他的聰明人士，倒轉口徑，豎起大拇指，滿口稱讚說：「他是個明智的人。」少有的，明智的人。

瞌睡蟲先生大概一輩子發不了財，卻肯定會小步小步地慢慢向上晉升。他擁有人們的愛戴與讚美，他常懷平安喜樂之心，而最重要的，他夜夜好眠，日日不驚不擾。

災難英雄

王穎雄來公司報到的第一天就出了大事。

半夜，小偷從後牆翻入，潛進公司，把所有同事的抽屜都掀得七零八落，企圖尋找值錢的東西，最後甚至拿鐵錘猛敲保險櫃，想挖出裡面的現金。

不巧，碰上王穎雄值夜班，他從不打瞌睡，即使半夜三更也睜大眼睛，伸長耳朵，留心一絲絲風吹草動。

由於不確定小偷究竟有多少人，有沒有攜帶武器，王穎雄沒有冒險應戰，他按下通往警察局的電鈴，三分鐘後，全副武裝的警察掏出槍來，喝令小偷乖乖束手就擒。

公司滿目瘡痍，辦公桌和保險櫃都得全面換新，我們這個月的業績獎金也泡湯了，可是王穎雄卻因爲處置得宜，從夜班管理員調升爲正式職員，和我們平起平坐。

一個月後，黑道大哥領著兩個小嘍囉，上門索取保護費，老闆從沒碰過這種事，嚴峻地拒絕了他們的要求，還教訓人家「年輕人不學好，怎麼對得起國家社會」。

黑道大哥動了肝火，指揮兩個小嘍囉，把百葉窗扯個稀爛，玻璃門窗砸得粉碎，還用黑色噴漆在天花板和牆壁上塗寫不堪入目的文字。

正好，王穎雄從外面趕回來，二話不說，前踢、側踢、後旋踢，以一擋三，幾個利落的身手，黑道大哥趴在地上，只有討饒的份，小嘍囉更是鼻青眼腫，哼也不敢哼一聲。

辦公室必須重新裝潢，我們每天在木屑和電鋸聲中扯著嗓門談生意，而且這一季的紅利也因爲發生「天然災害」，被全數取消。只有跆拳道黑帶的王穎雄得到「盡忠職守」的金質獎牌，而且升任新成立的「危機處理小組」召集人。

三個月後，公司最大的客戶宣告倒閉，該付給我們的所有帳款全數退票，老闆立刻周轉不靈，同事們日夜防範，就怕他一時想不開，急得去跳樓。

王穎雄動作快，馬上號召各地的債權人，組織自救會，成立討債公司，控訴對方惡性倒閉，領頭向主管單位抗議，又遊說民意代表出面，把事情辦得風風火火，沸沸湯湯。雖說是一毛錢也沒討回來，但老闆和公司都平白得到一大堆免費的媒體宣傳。

公司只剩一個空殼子，我們全都在動腦筋另謀出路，大家硬撐著上班，也不過是想看看領不領得到這個月的薪水。

雖說公司只剩最後一口氣，王穎雄還是被發布爲新設的「媒體及公共關係管理部」部長並且兼任財務長。

這時，王穎雄已成了名副其實的「英雄」，我們也都這樣稱呼他，當然，少不得帶點酸味。

好好一個公司，在短短三個月內迭遭變故，身爲資深元老的我眞是不敢相信，而且回溯歷史，這一切都發生在「英雄」來到公司之後，我不免心生懷疑。趁著公司內一片混亂，我私下調出王穎雄的人事資料，才發現：

這傢伙，一歲喪父，三歲喪母，五歲家中失火，十歲祖父母死於車禍，十二歲收容他的孤兒院被大水淹沒，十五歲寄讀的學校毀於地震，二十歲到林場打工，遇上森林大火，二十三歲到畜牧場工作，口蹄疫盛行，掩埋了五百隻豬，二十四歲上漁船捕魚，遭颱風襲擊，漁船翻覆，二十五歲到我們公司上班，……眼看著，公司即將破產……。

我帶著王穎雄的人事資料去找老闆，老闆一拍頭，恍然大悟：「拿破崙說過，寧可選擇福將，不可選擇勇將。」

我們想了一個妙計，把王穎雄送到最需要他的地方去。

現在，公司又恢復了正常，而且業務蒸蒸日上。沒有小偷，沒有黑道大哥，自然也沒有不良客戶，我們取消了「媒體及公共關係管理部」，也解散了「危機處理小組」，不過夜班管理員倒還是安插了個六十五歲的老頭。

老闆沒事常常教訓人家：「年輕人啊，要當心英雄，英雄往往是災難的來源。」

女性主義的代表

哈囉，大家好。我是一隻貓，一隻母貓。

我有眼睛，有鼻子，還有六根鬍鬚，但是我沒有嘴巴，無法說話。

那麼，你們現在聽到我在說話，到底是怎麼一回事呢？

喔，我運用的是意念傳輸的方法，把我的腦波輸入解讀機，再轉譯成人類的語言。用這個方法，你們就可以聽到我在說話。

我說話，也是不得已。本屆全球代表大會，我被推選爲女性主義的代表，代表二十世紀跨入二十一世紀的新女性，因此不得不出來說幾句話。

我不喜歡說話，事實上，我根本不說話。

你們看看我，我沒有嘴巴，這給你們什麼樣的啓示呢？

嘴巴，是多餘的東西，是愚蠢的存在。人類用嘴巴來溝通，眞是太落伍了。嘴巴裡面說出來的，往往只是虛僞的話、謊言、欺騙、掩飾、混淆是非。

高明的政客、無恥的騙子、絕情的負心人，哪一個不是巧言令色、舌粲蓮花，足以顚倒黑白？他們私底下所做的事情，一旦被揭穿，就像掀開鐵蓋的大垃圾桶，臭氣薰天，叫人噁心。

雖然說相信嘴巴的人都是笨蛋，可是擅長動嘴巴的人也未必有多聰明，言多必失，偵探小說裡面的偵探辦案，都是想辦法讓嫌疑犯說話，話說多了，不免露出破綻，狐狸尾巴是不可能久藏的。

到最後，政客總會垮台，騙子自投羅網，負心人被偷拍個正著，再厲害的嘴巴也有閉上的一天。

我不需要嘴巴，我不說謊、不溝通，不討好人。

我不以微笑來討好人，我的存在本身就是喜悅。人們看見我，就看見全然的喜悅。

在我身上能找到喜悅的人，是他們自己內心有喜悅，我毋需討好他們；而那些見到我絲毫不感覺喜悅的人，也是他們自己內心沒有喜悅，跟我無關，我不必理睬他們。

女人喜歡微笑，喜歡囉哩囉嗦說一大堆話，喜歡用紅唇去勾引人。

我不。

我比所有女人都酷，也因此我贏得了她們瘋狂的愛戴，我屹立不搖，我已經紅了五十幾年，看樣子，還會繼續紅下去。

我不僅不需要嘴巴，甚至不需要身體。

很多時候，只要印上我的頭，就已足夠，身體是可有可無的。

女人依戀她們的身體，受盡百般折磨，費盡千般心思，去雕塑和妝點她們的身體。

我不。

我早已超越了身體，成爲一個絕對的存在。

只要在頭上簡簡單單綁一朵花，紮一個蝴蝶結，就夠了，我很少爲美傷神。

「我美嗎？」女人不停地問。

我美嗎？老實說，我不知道，我也不關心。我超越美，我是喜悅，我的存在就是喜悅。

你們也許見過我的另一半丹尼爾，有時我們會成雙成對出現，滿足人類對「愛情」、「婚姻」、「伴侶」這些僵化字眼的盲目期望。

咳，大半是商業考慮，要促銷新產品什麼的……。

丹尼爾是一個很好的伴侶，他安靜、不顯眼，而且比我柔軟，所以他的名字叫做「親愛的丹尼爾」（Dear Daniel）。他純粹是爲了搭配我而出生，他依附於我，他不能獨立，與其說他是配角，不如說他只是偶爾跑跑龍套，根本沒有人在意他。

女人企圖抓牢男人，她們以身爲某個男人的女人爲傲。

我不。

我自己就是完整的一，我沒有匱乏，我自在而且圓滿，我就是喜悅。

什麼？我是誰？

還用問嗎？是的，我正是Hello Kitty。

懶人日記

我一早醒來，就攤開身子，平躺在床上，這樣躺著，一動也不動，眞眞是最舒服。我呆望著天花板，腦子裡掠過千千萬萬個念頭，其中沒有一個念頭値得我起身去奔波。

別人說，早上醒了而不起來，叫做賴床。賴床不能太久，多賴個二十分鐘，趕不上公車上班就要遲到了。反正我也不用上班，晚上是我的睡眠時段，早上睜開眼就屬於賴床時段，偶爾轉頭看一下鬧鐘，喔，九點了，喔，十點了……咦，怎麼不知不覺都十二點了。

沒有電話，沒有人聲，時間是怎麼過去的，眞叫人莫名其妙。

早上賴床的好處是可以省下一頓早餐。人一天要吃三餐飯，從早到晚就爲了這三餐飯張羅不停，實在太累人了。有那好吃的老饕，鎮日追逐美食，不辭千里跋涉，傷筋動骨，去品嘗什麼熬了三天三夜放下三十五種配料用水晶小碗盛裝的一寸見方豬肉丁，我光聽人說起此事，就雙腿發軟，兩足抽筋，驚駭得癱瘓在床，久久無法動彈。

吃飯不過是飽腹充飢，少動則不易飢餓，少動則可以少食，三餐併做兩餐，兩餐減爲一餐，既省時又省事。

食物以冷凍食品爲宜，置於微波爐中，片刻即可食用，我過去三個月都吃冷凍包子，包子有肉有菜有澱粉，我自覺十分健康。況且包子適合用手抓取，掰開食用，把繁複的文明道具如筷子、湯匙、叉子等全撇在一邊，唯一的容器只需一只大碗，此碗用畢即擺進冰箱中冷藏，長年毋需清洗。

這些簡易的生活之道，旁人往往嗤之以鼻，我卻奉若至寶。唉，時人不解余心樂……。

近日天氣嚴寒，我每每見人面龐乾燥、手足龜裂，都忍不住奉上勸告，何不學我不洗臉、不洗澡，保留皮膚上自然的油脂，顯露出光光潤潤的神采，可惜樂於接受忠告的人似乎寥寥無幾。人的本性應該是好逸惡勞，爲什麼捨安逸之途不循，反倒整日洗洗刷刷，把自己弄得勞碌不堪呢？

身體之外，還有居室。成天掃掃抹抹，吸塵器轟隆隆響，拖把滴溜溜轉，不嫌攪擾得心煩意亂嗎？

「本來無一物，何處惹塵埃。」只要心靈清靜，端坐在室內，透過窗外射入的光線，暖暖冬陽裡肉眼可見與不可見的微小塵埃漫天飛舞，它們在宇宙中的數目是無限大，打掃打掃，掃去無限大，仍然存留下無限大，塵埃哪裡是用一支掃帚能夠掃盡的呢？眞是癡人！

實在不得已，把門窗大開，讓户外涼風呼呼一吹，塵歸塵、土歸土，該來的來，該走的走，用大自然作掃帚，這方法妙吧！

和普通人相比，我節省下的時間足足抵得上一筆巨大的財富，不都說「時間就是金錢」嗎，我擁有的時間猶如遼闊無際的沙漠中星星般密布的所羅門王寶藏。而我妄想更多。

我發現，只要什麼都不做，什麼都不動，就可以全然擁有時間。

我已經勉力做到不工作、不吃飯、不洗澡、不掃地，我還需節省什麼呢？

可以不呼吸嗎？吸得很淺很薄，呼得很慢很細，省下一呼一吸的力氣，省下從隙縫中流失的時間。

其實，不需要浪費呼吸，爲什麼人們都不了解呢？我一定要把這則簡易的生活之道記下來……

以上是一篇親筆書寫的日記，擱在一個一動也不動的人身邊，這個人的狀況如何，沒有經過詳細的科學檢驗，誰也不敢貿然斷定。至於這篇日記，倒是可以姑且名之爲「懶人日記」，將之公諸大衆。

輯四

我們都是生意人

雖然到現在還迷迷糊糊，弄不明白自己做的是什麼生意，不過我私心裡也希望和我的朋友們一樣成功，一樣有成就，土地公啊，在保佑他們之餘，請不要忘記保佑我，我也想做生意呢！

我們都是生意人

根據民間習俗，生意人要向土地公拜拜，祈求財運興隆，萬事亨通。

元宵節那天，我信步走到一座土地公廟，廟中香火鼎盛，擠滿了善男信女，我赫然發現其中有許多張熟識的面孔，他們怎麼都湧到這兒來，我心裡挺納悶。

「院長好！」我和長壽綜合醫院的院長打招呼。

「嗨，嗨。」打著小花領結的院長一派斯文。

「院長也來拜拜啊，醫院該不會希望大家都生病吧？醫院不是要救人，幫人把病治好嗎？」我滿腹狐疑。

「哎呀，我們也是生意人。大家健健康康也很好，不過萬一生了病，最好是多多來看病，我們的診療非常細心，本來只是感冒，我們會到處檢查，一定可以檢查出肺炎，吃藥變成打針，打針變成住院。而且我們病房總是人滿爲患，臨時生病就和臨時買機票一樣，經濟艙沒空位，只好加錢升等，去坐商務艙，我們的病人臨時住院，都自動升等到頭等病房。」院長歎了口氣，「唉，業績壓力，董事會天天跟我們催業績，現在病人上門，在病歷表上我們都要塡寫『預估業績』，你說我能不來拜拜嗎？」

在院長身後，是披散著一頭長髮的文明出版社社長，我趕緊趨前拜年。

「社長，新年快樂，來拜拜啊？」

「喔，喔。」社長左顧右盼，似乎有些窘態。

「出版社準備推出什麼樣的好書來提升文化，推動知識呢？」我隨口搭訕。

「哪裡，哪裡，我們是做生意的人。熱熱鬧鬧才能匯聚人氣，近期內我們把目標鎖定在偶像明星、緋聞藝人、八卦話題，不得了，一場簽名會都擠進上萬人，賣書像印鈔票。而且圖片漂亮的書才容易銷，我們打算逐漸減少文字，一頁三五行就好，最終目標是完全消滅文字，讓圖片自己說話。」社長撩一撩蓬亂的頭髮，「我們要和寫眞集、漫畫、狗仔雜誌一拚高下，你說不拜拜行嗎？」

在社長身後，是抽著菸斗的美語教育補習班班主任，他看上去一臉虔誠。

「班主任，Long time nc see。」

「耶，耶。」班主任開口即是洋腔洋調。

「怎麼想到要拜拜，莫非土地公也搶搭美語列車？」我實在是一頭霧水，「教育不是百年樹人的事業嗎？班主任來求什麼呢？」

「沒有，沒有，我們不過是生意人。有需要就有機會，十年樹木，百年樹人，古人講的話眞是有道理，樹木要向下扎根，我們把美語教育推向學齡兒童、學齡前，甚至坐月子開始，以後我們要讓小嬰兒第一次發聲是清清楚楚唸出mother，而不是咿咿唔唔叫『媽媽』。還有，」班主任口沫橫飛，「樹木要向上生長，我們負責辦留學、辦移民，說不定將來還辦基因改造，統統換成白皮膚、藍眼睛，百年造人，未來的市場商機無限呢！你說不該拜一拜嗎？」

在班主任身後，我辨識出不少張面孔，華人大學校長、道德重整委員會主委、藝術協會會長、健康養生研究中心理事長，人數眾多，不能一一寒暄。況且我也懶得再和他們囉嗦，何必多問，他們都是做生意的。

我回轉身去，隨著人潮，向土地公拜上幾拜，請保佑所有我識與不識的朋友，不管他們從事哪一種行業，土地公啊，你不要弄錯了，他們全都需要您的庇護，其實，他們都是生意人。

我雖然到現在還迷迷糊糊，弄不明白自己做的是什麼生意，不過我私心裡也希望和我的朋友們一樣成功，一樣有成就，以後我要努力向他們學習，學習做生意，常常來拜拜。土地公啊，在保佑他們之餘，請不要忘記保佑我，我也想做生意呢！

愛情帳單

美美決定要和亞亞絕交了。

相戀三年，最後決裂的導火線，竟然是最俗氣的一個字——錢。

眞是的，哪個愛人不要錢！

亞亞向美美借了二十萬，說是看上一輛新車，要付頭期款。錢是借走了，新車卻遲遲不見蹤影，美美一再追問，似乎也問不出什麼名堂。

前後有半年多了，亞亞仍舊騎他那部老爺機車，美美俏麗的短髮也仍舊被安全帽壓得塌塌扁扁，情況絲毫不見改善，更糟糕的是，美美擔心她那二十萬會無聲無息憑空消失，像哈利波特變出的拙劣魔法一樣。

基於對亞亞的不信任，債務糾纏，以及風風光光坐轎車的夢想破滅，美美終於發出一封致命的e-mail。

Dear 亞亞：

和你在一起，已經三年，太長也太久了。我看不見我們的未來，若想要長長久久，只怕我是沒有勇氣再陪你走下去。

以往的歡樂時光，我會永遠珍惜，永遠記住。我不奢求你會和我一樣，但是我希望，至少在此刻，你會珍惜我曾經對你付出的情感，並且記住，你欠我二十萬元新台幣。感情和金錢，兩者都令我心痛。愛情難道就是如此不堪嗎？

不想再愛的美美

坦白說，美美的信缺少哀怨委婉、悽愴動人的力量，不過倒也清晰明白，直接命中要害，「你欠我二十萬元新台幣」這樣的句子，應該算是鏗鏘有力、擲地有聲，絲毫不遜於千古名文。

而美美也收到一封致命的e-mail。

Dearest 美美：

杕三年來，我們共同的花費如下：

超市（日用品、雜貨）	八一、〇〇〇元
狗食	三、二〇〇元
餐廳（用餐）	三五、〇〇〇元
花店（鮮花）	七、五〇〇元
夜市（零食、髮夾、絲巾）	一〇、五〇〇元
7-ELEVEN（飲料、雜誌）	八、〇〇〇元
百貨公司（沐浴用品、酒杯）	一三、〇〇〇元
生日禮物、情人節禮物	一八、〇〇〇元
機車加油	一二、〇〇〇元
墾丁、溪頭三日遊（兩次）	三三、〇〇〇元

手機（兩支）　一九、〇〇〇元

合計　二四〇、二〇〇元

兩人平分，一人負擔　一二〇、一〇〇元

杋只計整數。機車只計算你和我一起去加油的錢。狗食單獨統計，請注意，是你的狗。所有費用，我都分擔一半，包括零食、髮夾、絲巾，你再也不可能找到像我這麼慷慨的男人了。

杈扣除我們各自花費的十二萬元（一百元零錢，我自行吸收，聊表心意），我尚欠你八萬元新台幣。

杝八萬元採分期付款制支付，每期五千元，期限無法固定，有錢時會通知你，接到通知後，請在三天內前來領取，過時不候。

杍三年的收據均妥善保存，歡迎查證。

還想再愛（別人）的亞亞

GO DUTCH

以前在美國，看美國人不順眼。

明明是一對情侶，親親密密地享用燭光晚餐。餐後，兩人深情凝視著彼此，不時隔著小桌纏綿地親吻，十指也橫跨桌面緊緊相扣。

這時，侍者端上兩杯咖啡，輕輕把帳單放在桌角。

「親愛的，你看看。」女方朝帳單努努嘴。

男方用空出的那一隻手，利落地抓起帳單，迅速瞄了一眼。

「一共是三五·九九，甜心。你付現金還是開支票呢？」

「我開支票，親愛的。」

「那我也開支票好了，甜心。」

男方單手從皮夾裡抽出支票簿，女方依依不捨地鬆開交握的十指，在皮包裡翻找著支票簿。

「我付十八元好了，甜心，你只要付十七．九九就好。」男方體貼地說。

「十七．九九嗎？」女方邊簽支票，邊投給男方愛嬌的一瞥，「我可以少付一分，親愛的，你眞是太慷慨了。」

這種付帳方式——我學到一句新的英文——就叫做Go Dutch（發音近似於「苟大吃」）。意思是照荷蘭人的辦法，大家平分，各付各的。

荷蘭人可能數學能力很強，才會想出這種需要精密計算的付帳方法。

我以爲這麼困難的算帳辦法，只會發生在荷蘭或者美國這些遙遠的地方。沒想到台北人的數學也愈來愈強，做人也愈來愈精密。

在台北的餐廳，用餐完畢，總會有人迫不及待地說出通關密語：

「今天我們Go Dutch。」

「好，好，Go Dutch。」

「我來買吧！」

「不可以，不可以，我們Go Dutch。」

連服務生都捧著帳單，和一台早已準備好的計算機，遞上來，插嘴說：

「還是各付各的好，大家都沒有負擔。」

是沒有負擔嗎？還是吃完這餐後，互不相欠，從此即使擦肩而過，也可以老死不相往來。

「一共是三一六〇，一個人付八百差不多，省得找零錢。」四人當中數學最厲害的，率先扛起算帳的責任。

「我來刷卡，你們給我現金。」喜歡刷卡的顯得異常興奮。

「找我兩百。」

「我這裡有八百，剛好。」

「還多四十塊，我要給你們一人十元。」最精密的只恨沒有小數點供他發揮。

「哎唷，十塊錢也要算。」這是大方的在發言。

「對啦，十塊你留著。」

「那麼留在我這裡，當公積金，下次吃飯時，再一起算。」最精密的堅持要計較到底。

既然要採用各付各的方式，必然會愈計算愈精密，想來荷蘭人就是用這種方法，從日常生活中提升他們的數學能力。

飯後，四個人去坐計程車。

車抵目的地，馬錶上跳著「八十」。

「我來付，我來付，」最精密的坐在前座，搶著掏錢，「我這裡還有公積金。」

「公積金才四十，不夠四十。我們每個人得再付十元。」大家的數學能力果然被磨練得不同凡響。

「來，一個人拿十塊錢出來。」

「十塊嗎？我有。」

「兩個五元沒關係吧！」

「慘了，我只有一塊一塊的銅板。」

Go Dutch繼續發展下去，五毛和一毛硬幣恐怕會再度流通。

不開市的店

開店做生意，最擔心的事莫過於遲遲不開市。

有時候從清晨等到黃昏，硬是半個鬼影子都不上門，叫做生意的店家好不煩惱。

奇怪的是，只要一開市，有一位客人，做成一筆交易，不管金額多少，一旦打破抱鴨蛋的局面，後市自然順暢，偶爾會遇上客人接踵而至，店家窮於應付的盛況呢！

因此，爭取第一位顧客，成交第一筆生意，是很多門庭冷落的商店，必須全力以赴的目標。

我喜歡在黃昏的時候出去逛街，這是撿便宜的最佳時刻。即使清早不急，中午不急，守到日落西山，再有耐性的生意人也不免由積極樂觀轉爲悲傷絕望，「不開市」的恐懼會驅使他們緊緊抓住任何可能的顧客——譬如精打細算的我。

剛剛好下午五點，我選擇踏進零落的大賣場裡一家最不起眼的小店鋪。

「小姐，來試喝一杯花茶。」店員早已一竄身，貼近我的身邊，殷勤地端上熱茶。

「這是玫瑰茶。」

口乾舌燥之際，大口嚥下一杯茶，挺舒服的，還帶點甘香呢！

「好喝吧，這玫瑰裡面摻有甜菊葉，所以喝起來很甜，不用放糖，也不會發胖。」店員使勁推銷。

我放下茶杯，轉身想走，誰要買花茶啊，這麼麻煩的東西，要沖、要泡，要清理茶渣，最後還得刷洗茶壺茶杯什麼的。天啊，她以爲我是誰?家有清潔婦的英國貴族嗎?

「小姐，再喝一杯薰衣草試試看。」店員又端上另一杯熱茶。

眞是渴了，我咕嚕嚕又灌下第二杯。

「好喝吧，這種茶治感冒、咳嗽、喉嚨沙啞最有效，氣喘、氣管有痰，馬上都可以化解。」店員繼續背她的推銷講辭。

喝了人家兩杯茶，不好意思太快走路，我略略把眼睛四處張望張望，表示一點善意的興趣。這片刻停駐，恰恰給了面容憂戚、內心無助的女店員在日落之前最後一線救命的光明。

「今天生意眞的太差，不瞞你說，到現在還沒開市。」愁苦的臉正對著我，「小姐，你買一包花茶，照顧我一下，不然今天我沒法向老闆交代。」

我不出聲。

「這種小包的便宜賣，才一九九。你買一包，我另外送你一包好了。」

我不出聲。

「這樣啦，買小包，送大罐，這種大罐的一罐二千呢！老闆一定會罵，不管他，生意太差，我隨便賣。」

我不出聲，用手摸摸價値兩千元的茶罐。

「不然，算你便宜啦，一九九的給你打對折，九十九元就好。」

「我家裡沒有茶具，怎麼喝茶？」我終於出聲。

「沒有茶具嗎？我們這裡都有，我送你茶杯好了，這種一盒六個，很方便的，是法國進口貨，我們要賣三千六呢！沒辦法，統統送你，拜託你給我買一包花茶。」

「茶杯有什麼用，又不能泡茶。」我繼續出聲。

「來看，來看，我們這種耐熱材質的茶壺，沖泡花茶最好，耐熱到八百度，裡面附有濾杯，茶渣都不會外漏。一起送給你算了，景氣差，生意沒法做，眞是傷腦筋，每天都得想辦法開市。」

「這茶要用一百度的開水嗎？」送這麼多東西，我有點心動了，講話也內行幾分。

「泡茶簡單啦，用酒精燈，不用燒開水，一點都不費力。酒精燈一千二，也送給你。小姐，買一包花茶，給我開市，好不好，拜託啦。」

結果，我買了酒精燈、耐熱茶壺、半打法國茶杯、一罐茶葉、兩小包花茶，一共只花了九十九元。

你現在隨時可以來我家喝花茶，我告訴你們，沒有開市的店，最好下手。

賺錢公司與賠錢公司

黑皮在巷口擺路邊攤已經三個月了，其實也算不上是個攤子，一支三角架，上面擱個黑色手提箱，賣些女人的首飾、項鍊、耳環、戒指等小玩意，不過是些幾百塊錢的東西，還常常被顧客殺得血本無歸。

眞不是大男人該做的事業，黑皮滿心無奈，但是事實擺在眼前，畢業半年根本找不到工作，整天賴在家裡也不是辦法，每天出來站站崗，起碼看看人生百態，多少是一種歷練吧！

偏偏三不五時，總有一臉好奇的小女生，支支吾吾跟他打聽：「擺地攤好不好？」

「有什麼好，根本賺不到錢！」黑皮不耐煩，又不得不應付她們一下。

「不是免付租金嗎？」小女生很訝異。

「不用付給房東，要付給警察。隔兩天就來開一張單，一天賣一萬元，原本也賺不到兩千，一張單一千多，白白站了八小時的崗，全送給警察了。」

小女生吐了吐舌頭，大概從來沒有想過形形色色迷人首飾的背後，另有殘酷艱辛的一面。

「不要擺地攤，如果可以的話，還是去公司上班比較好。」黑皮像個長輩一樣規勸她們。失業半年，心境竟然蒼老得猶如曾經翻雲覆雨的過氣政客，黑皮難以忍受這樣的自己。

第二天，他狠心不顧面子，四處拜託人替他介紹工作，終於尋獲一線生機，得到兩個面試的機會。

第一家據說是間賺錢的公司，黑皮卻只見人人愁眉苦臉，宛如參加告別式似的，神情肅穆，面色凝重，空氣中嗅不出一絲財源滾滾的歡樂氣息。

趁著人事經理遲到，黑皮趕緊用他從路邊攤學會的攀談功夫，和一臉苦瓜相的職員閒扯幾句。「老兄，貴公司情況如何，聽說很賺錢呢！」

「不錯，不錯，是賺錢，是賺錢。」那職員一面答話，一面就著茶杯吞下七八顆大大小小的藥丸。

「你吃藥呀！」黑皮沒話找話說。

「嗯，鎮靜劑、止痛劑、胃散、降高血壓、抗憂鬱、維他命、克補，沒辦法，壓力太大，前兩個月都賺五千萬，上個月只賺到四千九百萬，少一百萬怎麼得了，開始衰退了，不景氣終於降臨到我們身上了。我每天晚上都失眠，血壓忽高忽低，口乾舌燥，心情沮喪得想跳樓。業績下滑，再繼續下去，公司倒閉，我失業，一想到要去擺路邊攤，我的偏頭痛又犯了。再吃一顆頭痛藥吧！」那職員又摸出一粒藥丸，忽地吞下去。

黑皮的心和那藥丸一樣，似乎沉入深不見底的黑暗中。

第二家公司才創業不久，據說已經賠掉半個資本額。

黑皮舉目所見倒盡是笑臉盈盈，有人吃零食，有人玩GAME，有人半躺著看漫畫，有人居然在辦公桌上擺起棋盤捉對廝殺。

人事經理不見蹤影，祕書小姐正對著鏡子細細修整她的柳眉。

「貴公司的情況可好？」黑皮問得很保守。

「公司？好啊！怎麼會不好！上個月賠了六千萬，這個月已經進步到只賠五千七百萬，少賠三百萬，老闆高興得不得了，直說要給我們加薪呢！你看看辦公室裡大家不是挺開心嗎！我們這兒就是工作氣氛好，從老闆到員工大家都高高興興的。」祕書小姐精挑細選，刷地拔下一根眉尾的雜毛。

這公司還能支撐幾天？黑皮忐忑不安。

賺錢的公司與賠錢的公司，應該如何選擇呢？黑皮陷入長考，他萬萬沒想到，去公司上班原來也不是一件簡單的事。

買房子

建設公司老闆有幾戶空屋無法消化，拜託我向親朋好友們探聽探聽，問問他們是不是有興趣買房子。

閒來無事，我也不過抽暇打幾通電話，卻赫然發現，談起買房子，人人都有話要說。我把他們說的話，略略整理一番，送給建設公司老闆，希望能對他有所幫助。以下就是我的摘要記錄：

——買房子？有啊，我有興趣啊！我就是喜歡買房子，股票賺的錢，我都挪來買房子，股票市場不穩定，全押在上面太危險了。一半一半啦，最好一半放在房子上，夜裡才睡得安穩。哪裡的？台北……台北不考慮，我在台北已經有兩幢住宅、一間辦公室，紐約還有一間作公司，這樣差不多了……買哪裡？喔，我準備在上海多買一點，我現在只有一戶辦公用，不夠，不夠，我打算再買三幢公寓，拿一幢來住家，另外兩幢作員工宿舍……上海房子會不會漲？……難說，很難說，不過大半不會跌，反正是投資嘛，而且都有用途，沒空著，應該是很划算。我要再過去看看，大概會買三幢，錯不了，好久沒買房子了，有點手癢，乾脆一次多買點，省省麻煩。有房子的消息還是要記得通知我，我都有興趣啊！

——買房子啊？別墅嗎？我絕不再買別墅了。我在加拿大最漂亮的露薏絲湖畔買了一幢別墅，貴得嚇人，買了五年，到今天我還沒時間去看看它長得什麼樣子……，當初人家來兜售嘛，覺得也挺好的，有一個自己的地方可以去度度假，結果哪有辦法度假啊，每天忙得暈頭轉向，空有別墅，每個月付分期付款，還有管理費，總要請人去做做打掃、開開窗戶透透氣，唉，付了五年白花花的鈔票，沒住過一次……去度假啊！要是我現在有空去度假，我寧可住大飯店，有餐廳可以吃飯，有游泳池可以游泳，誰耐煩在度假時還要搞房子啊！

——買房子？你不知道我終於買房子了嗎？……沒法子，人人都有房子，不買一間總是心不安。錢太少，台北買不起，反正要買一間嘛，買在哪裡其實沒多大關係……我啊，不是無殼蝸牛啦……在哪裡？南方澳，知道嗎？漁港，在東部，宜蘭那邊，一間木造房屋，平房喔，頂天立地，正是我想要的……很便宜，我付得起。有屋階級的感覺眞好……我在台北照舊租房子住，可是不一樣，我不比房東矮半截，我自己也是屋主，我有房地產權狀呢！

——買什麼房子？我不買房子，我自己蓋房子。我在鄉下蓋了一間房屋，自己監工，自己買料，請一些鄉下人施工，花了我七八個月，慢慢做，完全照我的要求，我很滿意，鄉下空氣又好，小孩了四處亂跑，長得又高又壯……沒花錢，幾萬塊而已……，不是在台灣啦，在越南，有親戚住那裡……沒人住啦，連親戚都不住，那裡是鄉下的鄉下。以後我會去住，城裡沒意思，可是要工作，要養小孩，怎麼辦……，不，我不買房子，有機會我還要自己蓋房子，慢慢蓋，興趣嘛！

——買房子？不要跟我提傷心事。我眞是鬼迷心竅，好好的免費宿舍可以住一輩子，我硬是覺得兩手空空，非置產不可，而且神經有毛病，買一戶不夠，拚著買了兩戶，連老婆的薪水都貼進去付房屋貸款。好了，地震震倒一戶，另外一戶租不到房客，我妹妹說讓她暫時住著，從此就不搬出來了，我也收不到房租。房貸付兩份，沒有租金收入，我和老婆三十年如一日，始終窩在老宿舍裡，你說我這算盤是怎麼打的？……「有恆產者有恆心」，古人都是騙子，爲了「有恆產」，弄得我傾家蕩產，你說我這算盤是怎麼打的？

——買房子？笑死了，叫我爲房子做牛做馬，休想。人應該追求精神生活的愉快，不要成爲物質的奴隸，莫名其妙給自己背上沉重的負擔……不方便？沒有不方便。只是……好像不大容易娶老婆，女人都說要安全感，唉，其實是勢利眼，難道房子比人更可靠嗎？

斤斤計較

「老師，這一題爲什麼扣我兩分？我的答案沒錯啊，跟李小明的一樣嘛，他沒有扣分，爲什麼我要扣分。」

「答案是對，可是計算過程有瑕疵，你漏掉一個步驟，直接跳去計算括弧外的X，這樣得出的結果不完整……。」

「就算不完整，也不能扣兩分，兩分太多了，象徵性扣一點點就好嘛。」

「兩分還多？一題十分，已經對你太客氣了，不然你想怎麼樣，只扣一分嗎？」

「一分也太多，答案都對嘛，如果一定要扣，扣〇．五好不好，也算是扣分嘛。不能再多啦，我上學期平均成績跟李小明只差〇．三六分，險險贏他，你多扣我兩分，總平均就少〇・二分，很危險嘿，我不能輸他。好不好嘛，老師，扣〇・五就可以啦，在這裡改一改，對，上面總分要加上去，九十六加一・五，九十七・五，謝謝老師。」

*

「醫生，能不能再做大一點？」

「你的理想尺寸是多少？」

「做三十六C可以嗎？反正是要做，乾脆做到最大，這樣我比較滿意。」

「可是也不能太離譜，要根據你原本的形狀來變化，看起來才自然，你也不希望別人一眼就瞧出破綻吧！」

「我原本就是太小，三十二A的胸罩穿著空蕩蕩的，簡直不像女人。」

「那就稍微墊高一點，做三十四A或三十四B，自然又有型，再用魔術胸罩擠一擠，保證女人味十足，讓你可以抬頭挺胸，堂堂正正做人……」

「跟大家差不多就沒意思嘍，我想要比別人都大，自然有什麼好，自然就是嫌小，有錢要讓人看得見，有波也要讓人看得見，這樣啦，醫生，不讓你為難，我讓步一點，做三十六B，不能更小，我不能再讓啦！」

*

「設計師，你看看怎麼樣再賺一些坪數出來？」

「你這裡二十三坪，三房兩廳，前後陽台已經都推出去，改做落地窗，前面多○．五八坪，後面多○．三七坪，一共增加了○．九五坪，不錯啦，多出將近一坪呢！」

「我這房子五百八十萬買的，三百多萬的貸款，向我弟弟借了一百萬，老丈人墊了八十萬，買得不容易，我結婚十八年，這是第一次買房子，一定要住得寬敞些，這些窗戶怎麼樣，窗戶外面也可以利用嗎？」

「窗戶推出去是不合法的，面積太大恐怕會被列爲違建。」

「這裡巷子，不會有人管，我看這窗戶挺大的，在窗子外面做一米寬的角窗應該沒問題。」

「三個窗戶延伸到屋外，都用三面玻璃的做法，這樣總共增加大約一坪，恭喜你，已經多出兩坪了。」

「陽台可不可以比照窗戶向屋外再借一些空間呢？這樣陽台就又寬了一倍。既然窗戶可以延伸做角窗，陽台也應該可以伸出去做角樓才是，設計師，你說對不對？我來算一算，多一倍的陽台，又多〇．九五坪，合計多出快三坪，不錯，不錯，再來找找看，設計師……」

*

「我不相信，這顆球一定比較重。」

「不會啦，球都一樣重，這是有公信力的。」

「那秤看看。」

「二．六〇三，第二顆，二．六〇二……〇三，一樣，第三顆，二．六〇四……〇三，嚇我一跳，不會比較重，都一樣啦，這是有公信力的。」

「我才不相信，那秤怎麼變來變去，一下〇二，一下〇四，不知道在變什麼鬼。爲什麼只算到小數點後第三位，差一點就差好多，開出獎來差好幾億，一億後面就有八個零，爲什麼不算到小數點後第八位，說不定後面幾位數就有差別，什麼公信力，重〇．〇〇〇一就是比較重。」

退休金，你那份怎樣？

經濟不景氣，金舍和吳亮服務了將近二十年的國營事業也挺不住，雖然還不符合退休條件，卻以優惠退休的名義，提早發出尚稱豐厚的退休金，讓他們這些老員工走路了事。

金舍和吳亮就這麼莫名其妙抱著幾百萬元，被一腳踢出了公司大門。他們相約三個月後再見，看看彼此的發展如何。

一眨眼，三個月過去了，在五十歲邊緣徘徊的兩位老同事都沒有太大的變化，依舊是賦閒在家，過著舒適卻不無焦慮的生活。

「你試過找工作嗎？」金舍一見面就緊張兮兮地問。

「沒有，哪可能找得到事！我倒是都在旅行，有一個泰國團下月初出發，你想不想去？我把行程表都帶來了，景點安排得很細心，你應該會有興趣吧！」吳亮邊說邊從皮包裡掏出印刷精美的旅遊手冊。

「你眞有心情玩樂，去旅行要花錢呢！」

「不是有退休金嗎？你已經花完啦！」吳亮故意打趣說。

「退休金？那個錢，一毛都不能動，這是最後一筆，以後再也不會有了，怎麼能隨便亂動用！」金舍一臉嚴肅，望著吳亮說，「你那份怎樣？」

「我也沒有亂動，」吳亮嗓門變小，帶點尷尬地說，「我只是買了一輛車，車總是要買的嘛！」

「買車？那多浪費。不上班，要到哪裡去？開車做什麼？」金舍板起面孔。

「有車比較方便，可以接送小孩，放假日也好到郊外散心啊！」吳亮耐心地解釋。

「喔，我還投資我小姑一百萬，她自己開一家新公司。」吳亮平靜地說。

「投資新公司？太危險，太危險。你難道不知道警惕？新公司體質脆弱，一下子就倒閉了，如果是老公司還穩當一點，不過也難說，像我們那麼老的公司，不是也……」

金舍還來不及感歎，吳亮就插嘴說：「沒辦法呀！我小姑就是想開公司，她自己跟我說，看在我們平日交情好的份上，她只開放給我一個人投資，別人想都甭想……」

「她給你多少股份呢？」金舍忙不迭追問。

「股份？什麼股份？我就是投資而已。」

「噯？一百萬有多少股份你都不知道？不是我多心，親戚之間最麻煩，賺錢賠錢一不注意就糾纏不清，到後來連感情都賠進去了。」金舍苦口婆心地勸說著。

「不會啦，我小姑說，公司算她自己的，錢算她向我借的，等情況好轉，她就把錢還給我，再把公司賺的錢多分紅給我，應該是不成問題啦！」吳亮顯得很安心。

「唉！借錢容易還錢難，只怕事情的發展未必盡如人意。像我的退休金絕對不借人，我也不投資，外面騙子這麼多，什麼人都不可信任。你就是耳根子軟，不是我說你，千萬別再做什麼投資了，最好離親戚們遠一點。」

「那要不要去泰國嘛？很好玩喔！」吳亮話鋒一轉，似乎不想再談錢的事。

「你已經出過國去旅行嘍？」

「是啊，是啊，反正閒著也是閒著，我每個月都出去，澳洲、美西、日本，接下來是泰國，一起去玩玩嘛！」吳亮依然盛情邀約。

「去那麼遠的地方，不是要花好多錢，那你的退休金還能剩下多少？又買車、又投資一百萬、又旅行，快要花掉一半了，才三個月哪，你就是手太鬆，我一直擔心你的退休金，果然……」

「對呀，我就是手太鬆，還是你好，把退休金守得緊緊的。」吳亮佩服地說。

當天晚上，金舍一夜未眠，他擔心老同事吳亮的下半輩子無依無靠。

而吳亮那邊卻好夢正酣，她一點也不擔心，老同事金舍總會安安穩穩地照顧好自己。

如何討債

我的朋友巴干干最近老是愁眉苦臉，一副別人欠他幾百萬的表情。

事實是，別人眞的欠他好幾百萬。這個欠他債的傢伙叫做歐肥肥。巴干干是債主，他每天不吃不喝，認眞討債，可是說也奇怪，任憑他怎麼努力，就是沒辦法從債務人身上擠出半毛錢來。不僅是他，所有歐肥肥的債主，似乎都束手無策，眼睜睜看著歐肥肥自由來去，像一隻肥胖卻又輕盈的蝴蝶。

巴干干知道我吃飽撐著最愛管閒事，便央求我去探探歐肥肥的底細，找出克制他的方法，並且言明，如果討債成功，願意付我一成佣金。

天啊，一成佣金就有好幾十萬呢！我馬上丟下才寫了兩頁的廉價文章，投筆從戎。

第一步，我假扮成負債累累的可憐蟲，向前輩大哥討教。

「肥肥哥，您是我最崇拜的人。您看看我這個不成材的東西，我才欠了幾十萬的債，就緊張得吃不下飯，睡不好覺，瘦得只剩皮包骨，哪像您這麼沉穩、這麼勇健。您有什麼祕訣，一定要教教我，救救我。」

「不是我說大話，你也太沒出息了，我身上背了幾千萬的債呢！你看看我，不是好好的嘛！」

「哇，幾千萬！眞是太了不起了。」我趕緊露出既驚訝又羨慕的神情。

「不愁，不愁，再多欠點也成。現在大企業家開口閉口都是上億的數字，我也打算湊個一億以上的債務，不然怎麼算是大企業家呢！」

「肥肥哥，您本來就是大企業家，您是少見的大企業家呢！」

「哈，哈，哈！」歐肥肥顯然心情極佳，「你仔細瞧瞧，瞧出我成功的祕訣了嗎？」

見鬼了，我哪看得出什麼苗頭？

「肥肥哥，我這人就是笨，您不指點指點，我一輩子也瞧不明白。」

「嘿，嘿！同樣是人，怎麼有的挺笨，有的又挺聰明。你來瞧瞧！」歐肥肥領我到窗邊，向外張望。「我開的是BENZ，住的是豪宅，吃的是大餐，開銷如此龐大，哪裡有多餘的錢付給債主？」

「您不能換開國產車，住小房子，吃路邊攤嗎？」我想起巴干干的清貧生活，「這樣多少可以還一些債吧！」

「萬萬不可！」歐肥肥說得斬釘截鐵，「排場是最重要的。有了豪華的排場，我才能繼續借到錢；而且豪華的排場可以保證債主討不成債。」

「怎麼會呢？眞是太神奇了！」我突然想起此行的任務。

「尊敬。人生最重要的不是錢，是尊敬。債主並不可怕，他們開爛車，住破屋，吃青菜豆腐，這種人坐上BENZ會肅然起敬，踏進豪宅會眼花撩亂，吃一頓滿漢全席就要向親戚炫耀三個月。他們在我面前，有說不出的尊敬和畏懼，甭提討債了，連完完整整說幾句話都還喘不過氣來呢！」歐肥肥神氣活現地補充說：「臨走時，他們不僅不向我討債，反而願意再多借點錢給我呢！」

「哇！」我急忙用手摀住呆呆張大的嘴巴。

「還有，別忘了，」歐肥肥送我到門口，又叮嚀道：「我老婆只穿當季的CHANEL，我家菲傭只講英語，至於你嘛……你看著辦吧！」

巴干干不知從何處竄了出來，急吼吼地問：「怎麼樣？」

我還未曾從方才的震驚中回過神，猛然這麼一逼問，我結結巴巴說：「有了……有了……最重要的是尊敬……。」

「什麼？」巴干干顯然聽不明白。

「人生最重要的不是錢，是尊敬。」我複述著歐肥肥的話，略略清醒了些，我朝憔悴不堪的巴干干說：「你要想討債，先要受人尊敬，你要開BENZ，住豪宅，吃大餐，一切排場都要超過歐肥肥。」

「你瘋啦！」巴干干大叫。

「還有，別忘了，」我停不下來，「你老婆只穿當季的CHANEL，你家菲傭只講英語，你……你看著辦吧！」

輯五

愛情，可以是三

我的完美在她面前不值一提，她比我美好一千萬倍，她是如此細膩、如此滑溜，連一絲纖維也找不到，哪像我這麼粗糙、這麼堅硬。

柔順的女人

每一個雄壯的男人，都夢想遇見一位柔順的女人。他們騎著白馬，在城市的道路上來回奔波，卻無論如何也找不到這樣一位女子。

男人們遇見許多女人，能幹的、才華洋溢的、眼睛上塗抹著金粉的、露出三分之二胸脯的、擁有十八家關係企業的、踩著別人頭頂一路往上爬的，但是其中沒有一位符合男人心中的理想。

柔順的女人住在離大馬路很遠的僻靜小巷弄內，她屬於一個雄壯的男人。

男人回到家來，垂頭喪氣的樣子，對她說：「最近市面很蕭條，生意一點都沒有起色，我需要一些新客戶，你趕緊去想想辦法。」

「嗨，」女人柔順地回應著。

柔順的女人不知道為什麼總像日本人一樣，用「嗨」來回應一切詢問、要求以及命令。

然後，女人轉過身，認眞掛了五十八通電話，擺了十四場龍門宴，為男人簽訂三十六個又殷實又極大方的好客戶。

「最近業務擴充，客戶的層次也有所提升，」男人似乎又有新的想法，對她說，「我出門在外，需要講究排場，舊的國產車太寒酸，看情形得換一輛進口新車，你戶頭裡的錢夠嗎？」

「嗨，」女人柔順地回應著。

第二天，女人把銀行帳戶裡所有的數字全抄寫在一張支票上，拿著沉甸甸的支票，換回車行最新、最閃亮、也最昂貴的一輛轎車。

「外面的世界你不了解，」男人愁眉苦臉，對她訴說心事，「我這只錶太便宜，西裝不是名牌，公事包髒兮兮的，我看上一只鑽錶，幾套好西裝，還有鑲金釦的公事包，你不妨張羅張羅。」

「嗨，」女人柔順地回應著。

掏空自己所有的積蓄，再加上互助會、銀行貸款、向媽媽伸手、向朋友調度，男人戴起鑽錶，穿上筆挺的西服，拎著名牌皮包，果然氣宇非凡。

「外面的應酬都是沒有辦法，」男人欲言又止，繞室徘徊良久，終於背對著她說：「我需要一個能夠應付場面的女人，要長得漂亮又有口才，不像你這麼遲鈍。這事不用麻煩你，我自己已經物色好了，以後我要分點時間給她，不能常常到你這邊來。」

「嗨，」女人柔順地回應著。

以後，伴隨著黃昏的落日，盡是一室寂寞和漫長的等待。

「這次來，是有重要的事，」男人又出現的時候，帶著嚴肅的表情，大聲對她說：「照目前的情況看，我們彼此並不合適。我想，不如分手吧！」

「嗨，」女人柔順地回應著。

好長一段時間，男人銷聲匿跡。

男人再度出現的時候，好像什麼事都不曾發生過。

「我回來了，」男人對她說，「我想，我們復合比較好。」

大門砰一聲關上。

我沒法聽到她的回答。

也許她依然柔順地回應著「嗨」。

也許她已經變成另外一個女人，一個能幹的、才華洋溢的、眼睛上塗抹著金粉的、露出三分之二胸脯的……。

柔順的女人是否還住在這個城市裡呢？

雄壯的男人，如果你遇見了她，請記得給我捎個信息。

好看的鞋

鞋子世界裡，一直存在著兩大家族：好看的鞋家族與難看的鞋家族。

照理講，既然是難看的鞋，當初就不應該把它們製造出來。話雖如此，每天每天，工廠卻仍然接連不斷地生產一批又一批形狀醜怪的鞋子。

一直要等產品運到商店，拆開封，從紙盒裡拎出嶄新的貨樣，擺上陳列架，鞋店老闆才赫然驚覺：「天啊！多麼醜的鞋！」

這時候，退貨也來不及了。況且，如果把不悅目的鞋全都退回，那麼眞是退不勝退，因爲每批貨品裡，總有　部分是難看的鞋。即使退了回去，下次再送來的新貨，依舊如此，說不定比前一批更讓人無法忍受。

鞋店老闆早已習慣了這些不叫人喜歡的東西，他腦袋費勁地盤算著，手底也沒停，仔仔細細挪動陳列的位置，務必使好看的鞋與難看的鞋能夠錯落排列，讓它們互相掩護，不叫客人輕易分辨出美醜。

可惜，客人一腳才踏進門，立刻眼尖地發現獵物，隨即不偏不倚托起好看的鞋左右端詳，衷心讚歎道：「眞美！正是我想要的。」

「唉！」老闆心中暗暗歎了一口氣，自己所花的那番工夫全是白搭，顧客的眼睛從來都是雪亮的。

「這邊請坐，試試看吧！」老闆堆著笑殷勤招呼。

鞋頭太尖，客人有雙寬腳板，但她還是勉強把腳趾頭塞進裡面。

「緊不緊呢？」仁厚的老闆不忍心地問。

「不緊，不緊，剛剛好。今年就是流行這種尖頭的。」客人反過來向老闆保證。

三吋半的細跟顯然也太高，她穿著走了幾步，看起來顫顫危危的。

「高跟的好，我喜歡，走慢一點，不會有問題的。」客人似乎是在安慰自己。

脫下鞋子，客人的腳後跟微微磨紅了些。她從皮包裡東摸西弄，掏出一塊膠布，叭地貼在紅腫的地方。

「你看，我這ＯＫ繃多可愛，上面還有卡通圖案呢！誰看了都愛得不得了。」客人面不改色，指著好看的鞋說：「我就要這一雙。」

老闆拿出鞋盒，正打算把新鞋裝好，沒想到客人立即制止他：「不要包，我現在就穿，你沒注意我連ＯＫ繃都已經貼好了嗎？」

於是，老闆結完帳，眼睜睜看那客人踩著艱辛的步伐萬分滿意地走出店外。

「我眞搞不懂，」老闆慢吞吞從存貨裡拿出另一雙好看的鞋，補在空出的位置上，「爲什麼客人總是一眼就能挑中好看的鞋，枉費我花半天心思東遮西掩。」

「還有，不管得忍受多少痛苦，客人都不抱怨，好看的鞋永遠賣得掉，而難看的鞋即使再舒服、再耐穿，都沒有人要。」老闆抬起頭，一臉茫然，「我做了這麼多年的生意，還是搞不懂。」

新請的女店員一天都沒吭聲，這時突然脫口說：「這有什麼難懂的，好看的女人永遠嫁得掉，難看的都沒有人要。」

老闆瞪著長一對齙牙的女店員，恍然明白了天大的祕密。

志明與7-ELEVEN

志明不主張對老闆效忠。

七年以來，他已經換了八個工作。任何一家公司，只要被他打聽出來，薪水多上兩千塊錢，他就千方百計去爭取機會，然後義無反顧地拋下舊公司，加足油門，揚長而去。

志明也不主張對女人效忠。

事實上，這只是他的理論，因爲他根本沒有女朋友，他忙得根本沒有時間交女朋友。

志明倒也不是一個完全沒有良心的人，至少他長久以來一直是忠心耿耿的。

沒錯，雖然他從來不曾提出過這樣的主張，但人人都知道，志明對7-ELEVEN是始終如一的。

租房子，志明一定選擇和7-ELEVEN做鄰居。這並不難，畢竟7-ELEVEN無所不在。難的是，志明一日三餐都要向店裡報到，早餐、中餐、晚餐，餐餐如此，就未免太離譜了，同事們幾乎以爲他看上7-ELEVEN新來的小妞。但是從七點到十一點，當班的店員早已換人，志明卻忠心不渝，這才令人刮目相看。

「7-ELEVEN這麼好吃嗎？」左邊的同事首先發難。

「沒有時間，方便就好。」志明愛說這兩句口頭禪，大概怕同事誤會，他又補充說明，「我並不是一成不變，其實三餐都會變化不同的口味，早上如果吃御飯團，中午就會換成關東煮，晚餐用玉子鮪魚三明治對付一下，回家以後還可以再補充熱狗和茶葉蛋。你看，我的食物一點都不單調。」

覺得自己一點都不單調的志明，不用說，也忙得根本沒法逛街，日常生活需要的牙刷、牙膏、毛巾、沐浴乳、洗髮精，自然就地採購。他甚至慶幸可以在7-ELEVEN買到襪子，不然他的腳趾頭就會在破洞外和皮鞋摩擦一整天，那可眞夠瞧的。

他唯一不滿意的，是在7-ELEVEN找不到眞正的內褲，害他有兩個月只能穿著店內賣的紙內褲，挺不習慣的，每天上班前都產生要去出差的錯覺。

「超級市場和百貨公司裡，有八十種去頭皮屑、防止掉髮，使你髮絲柔亮光澤，更有男人魅力的洗髮精，你難道不想試一試嗎？」右邊的同事也不肯善罷干休。

「沒有時間，方便就好。男人不應該把心思浪費在頭髮這種小事上面。」志明的忠心不是任何人可以輕易搖撼的。

男人的大事，非工作莫屬了。

志明工作很認眞，也努力跟上社會的潮流，他大量閱讀報紙、雜誌，甚至他還讀書。

志明不逛街，除非不得已，譬如要添購襯衫和內褲，否則也絕不涉足超級市場和百貨公司。至於書店，那更是過門而不入。

志明讀書、選書、買書的地方，只有一個，你知道是哪裡，不必多說。

「已經足夠啦！有我喜歡的漫畫書，還有名人傳記、最新暢銷書，多得讀不完。沒有時間，方便就好。」志明簡單回答別人的關心，又埋頭去讀他的書。

誰也沒想到這樣的志明居然宣布要結婚。

一向生活範圍異常狹窄、又異常忙碌的他，是在哪裡遇見他的春嬌呢？同事們交頭接耳，一肚子疑問。

「就在我家樓下的7-ELEVEN。」一臉喜氣的志明坦然相告。

「會不會太倉卒了？要不要再多看看，到別處交交朋友，比較比較？」前面後面的同事似乎都不大放心，婆婆媽媽地勸說他。

「沒有時間，方便就好。」志明一貫操著他的口頭禪，並且滿懷信心，「她和我一樣喜歡7-ELEVEN，我們決定不要搬家，繼續和7-ELEVEN做好鄰居。」

志明與春嬌，從此過著幸福快樂的日子，同事們都如此相信。喔，不對，應該是志明與春嬌與7-ELEVEN，從此過著幸福快樂的日子。

天鵝變醜小鴨

她寧可被人叫做草莓、水蜜桃、貓咪、蝴蝶、小丸子、甜不辣或是隨便什麼亂七八糟的外號，怎麼說都好，都比被叫做天鵝好。

天鵝，人家從小就這樣叫她。

或許是因爲她細長的頸項，白皙的皮膚，也或許是因爲她嚴格的家教養成一種恍如天生的優雅氣質，更可能是她一坐在鋼琴前面，輕觸琴鍵，行雲流水般的樂音即傾洩而出，漫成湖泊江海。

她就是天鵝，一隻不染塵埃的稀有生物。

女孩子不跟她做朋友，她們從來不視她爲同類，她們客氣地讚美她：

「你身材好，體型修長，天生是衣架子。」

「舞會你一定要到，你是公主，少了公主，舞會不就成了矮人祭。」

「下輩子我要投胎給你媽媽做女兒，改頭換面重新做人，這輩子就算了，勉勉強強補破網嘍。」

她們有時打趣，有時自嘲，但她們小心翼翼躲著她。她們逛街、喝咖啡、上健身房，會謹慎挑選和自己一樣矮的、胖的、長青春痘的、塌鼻子的、牙齒參差不齊的，她們不會選她。

她還是有朋友，最醜的女孩子總是黏著她不放，跟前跟後，甩也甩不掉。她被迫分分秒秒近距離瞪著燒餅臉、朝天鼻和一口黃板牙，還不時傳過來陣陣狐臭味。

她狠狠忍耐，人總要有個把朋友不是嗎？

最醜的女孩子一旦交上男朋友，便以跑百米的速度急急離她而去，讓她連一張晃在眼前的醜臉都留不住。她們話說得委婉：

「男人不免花心，女人看多了，眼界一高，嫌高嫌西難伺候。不如只守著我這一朵花，把他拴得緊緊的，呆頭呆腦沒關係，安全第一。」

私底下，她倒是無意中聽到她們撂下話來：

「她敢靠近我的男人！我用掃把把她打出去，滾遠一點，不要想誘拐我老公，做白日夢，別以爲我不敢！」

她不屬於女孩子圈圈，那男孩子呢？

男孩子倒是個個都善待她，舞會時他們像買電影票一樣整整齊齊排著隊，等待和她跳一支舞，她彷彿變做彈珠遊戲檯上的一粒彈珠，轉啊轉啊硬是不准掉進洞裡歇歇雙腳。

第二天，她的電話從天亮響到天黑，她沒時間讀書、沒時間睡覺、沒時間洗衣服，甚至沒時間處理乍乍冒出的一顆小粉刺。

她素淨著臉，套上舒服的牛仔褲、球鞋去赴男孩子的約會，他們不高興，皺起眉頭厲聲說：

「這是大飯店，我對你是很慎重的，你太不給我面子了。這一餐要好幾千塊呢！我爲什麼要花這筆錢，都是爲你，你懂嗎？」

「我穿的是正式西裝，你應該穿禮服、高跟鞋，跟我相配才對。我喜歡牛排，這家牛排貴又好吃，你要懂得欣賞，這是我的心意。」

他們不管她的腳趾頭發疼，又從來不吃牛肉，他們跟她炫耀金錢和口味，卻沒有人與她分享巴哈或貝多芬。

那些她不得不拒絕的男孩子，背後會被人取笑是癩蝦蟆、牛糞、武大郎、鐘樓怪人、豬頭王子，他們從此不借筆記給她，考試時也不肯掩護她。

天鵝？誰想做一隻天鵝？

她翻開《安徒生童話》故事裡：

最後孵出來的那隻小鴨子，又大又醜，所有的鴨子都不歡迎牠，牠們大喊大叫：「哎呀！眞是一隻醜小鴨。」

不久，溫暖的春天到了，醜小鴨看到自己映在水中的影子，那是一隻潔白高貴的天鵝！牠鼓起勇氣，朝著美麗的天鵝群游過去，心想：「要是能成爲牠們的同伴，不知該有多好！」牠做夢也沒想到自己可以是這麼幸福、這麼美麗。

啪！書本跌落地上，她陷入沉睡。在夢中：

她看到自己映在水中的影子，那不是一隻天鵝，那是一隻醜得不能再醜的醜小鴨！她鼓起勇氣，朝著灰灰褐褐、其貌不揚的鴨群游過去，她興奮地聽見牠們大喊大叫：「哎呀！一隻醜小鴨。」她做夢也沒想到自己可以是這麼幸福、這麼醜。

失戀容易

方卉氣急敗壞地衝進教室，還好老師尚未露面，她剛剛坐定，門口搖搖晃晃飄來一個人影，迷糊的巧兒似乎搞不清楚狀況，手裡堂堂皇皇捧著一個大杯子。

方卉瞄了一眼那杯稀哩呼嚕的飲料，說：「什麼玩意？咖啡冰沙啊？」

「不是！」巧兒神祕兮兮地賣關子，「這是我的特調飲品，獨家配方。」

方卉惦記著昨天的作業，沒有答腔。

「你想不想知道？」巧兒耐不住寂寞，自拉自唱說：「胡蘿蔔加奇異果，不放蜂蜜。」

「噁？什麼難吃的東西！」

「聽見我的話嗎？不放蜂蜜，No honey。」巧兒淨講些奇奇怪怪的言語。

「不放蜂蜜？那不是難以下嚥嗎？是什麼？減肥新方法嗎？」方卉一肚子問號。

「唉，你還眞是不開竅。No honey，我失戀了嘛！」

「失戀？直接喝苦瓜汁不是更好！」方卉一旦明白了眞相，倒有在傷口上撒鹽的好心情。

「不是有一種飲料，標榜酸酸甜甜初戀的滋味嗎？我這個胡蘿蔔加奇異果的配方，是紅男綠女不相配，取個名字叫『苦兒』，代表失戀的滋味，很特別吧！」巧兒洋洋得意，猛灌下一大口果汁。

「失戀的滋味，眞是說不出的難喝呢！」方卉出言譏諷。

「對，對，說不出的難喝，說不出的難過，你太了解我了！」巧兒並不以爲意，「我應該申請專利才對，如果每個人失戀時都喝上一杯，我很快就可以發財了。」

「發財？哪有那麼容易！有人一生只戀愛一次，白頭到老，說不定根本就不失戀呢！」方卉決定唱反調到底。

「一生一次？怎麼可能？我這個禮拜就已經失戀三次了！」巧兒皺皺眉，硬嚥下一口果汁，「都怪網友，動不動就消失得無影無蹤，留下我伊人獨憔悴。」

「一個禮拜三次也太多了吧！你起碼一個禮拜得談三次戀愛，見面、約會、看不順眼，再分手，這禮拜作業特多，哪有時間啊！」方卉露出不可置信的表情。

「網友哪會見面！」

「沒見過面！你的戀情未免太虛擬了！」

「網友是虛擬的，戀愛也似有若無，可是失戀的感覺卻百分百眞實，和這杯苦兒汁一樣如假包換。」巧克又喝一口果汁，繼續說：「一週三次絕對不多，我相信整天掛在網上的人，一天失戀三次都很正常。苦兒汁一定會有銷路的。」

老師終於現身，巧兒壓低嗓門向方卉說：「我還是應該申請專利對不對？」

我要結婚

「卿卿夫人婚姻介紹所」，霓虹燈管編織成的七彩字樣，在暗夜中兀自閃耀著。一名婦人倚在窗口，怔怔地注視這塊懸掛了將近四十年的古老招牌，心中充滿了複雜的情緒。

明天，明天燈光不會再度亮起，卿卿夫人大半輩子引以爲傲的金字招牌，即將走進歷史，而奪去它性命的劊子手，居然只是一通電話，一通女人打來的電話。

女人，卿卿夫人一向好勝逞強，最終依舊是敗在女人手下，這似乎也是歷史的必然。

「我要結婚。」卿卿夫人清晰憶起對方第一句話就這麼說。

「是，我們專門做婚姻介紹。」

「你聽清楚了，我不是要談戀愛，我也不是要相親，我要結婚，見面直接結婚，不必浪費時間。見一次面就好，少來囉哩囉嗦的事。」

這聲音像算盤珠子一樣，利利落落，上上下下，既快速又粒粒分明。

「是，直接結婚，我了解，不會囉嗦，我們保證，絕不囉嗦，絕不搞戀愛、相親慢吞吞的那一套。」卿卿夫人順著客戶的要求說話，一面在心裡琢磨，「該怎麼稱呼您呢？」先試探試探。

「小姐，」對方沉吟了片刻，「花小姐。」

「噢，花小姐，」明知這蒼老、暗啞幾乎難以分辨性別的聲音，絕對屬於一個女性荷爾蒙所剩不多的長者，但卿卿夫人保持她一貫對客戶全然尊重的態度，只是不免好奇地問：「請教您的出生年次是……」

「那不重要，我要找的男人是年輕的。」

「是，年輕的，」卿卿夫人早早即發現，像鸚鵡學舌般重複客戶的要求，一直是最好的溝通方式。

「而且要好看的帥哥，醜的絕對不行。」

「是，要好看的，帥哥型的，老的醜的都不考慮。」

「對，你頭腦很好，」一隻百分百模仿人類的鸚鵡立刻會贏得讚美，「特別要注意頭髮，一點點禿頂都很刺眼。有些年輕輕的小夥子，額頭亮閃閃的，太危險了，你要看仔細點。再怎麼說，禿頭最是醜。」

「是，不會，不會有禿頭。」卿卿夫人一邊應答，一邊嘀咕，年頭變了，上門的客戶再也不是老芋仔找黃花閨女，全換成一些女強人，對她發號施令當作是對工廠下訂單，材料、規格、顏色一條條寫得明明白白，只差沒附上樣品叫她做個一模一樣的出來。

「男人嘛，也是要長得體體面面，帶出去不會讓我丟臉。我的朋友都是些有頭有臉的大人物，我要找的這個男人當然秤一秤要有點分量，最好是企業家，和我最相配，如果是政府要員或是民意代表也行，最差也得是個大學的系主任，要不然是個大醫院的副院長還勉強可以接受，最可怕的是窮酸文人、領份死薪水的上班族，自己不會賺錢，光會動腦筋花別人的錢。」

客戶變得嘮叨，卿卿夫人頓時有些後悔，這幾年同業們紛紛改行，投入新興的外勞仲介，尤其是菲傭、印傭的經紀業務最爲炙手可熱，唯有她苦守著這一行，抱著「撮合好姻緣等於行善積德」的堅定信念，默默爲世間男女服務。

「我賺的錢是我自己的，誰也別想動腦筋。我的房子不能讓他住，車子也不能讓他亂開。男人本來應該養女人，結婚以後，財產要劃分清楚，我的是我的，他的不是他的，是我們共有的，我覺得這樣才公平。」

「還有，」客戶一口氣都不喘，繼續說下去：「男人不能太笨，對時事啦新聞啦，都要有獨到的見解，如果談話沒有深度，我是不可能接受的……」

卿卿夫人頭痛欲裂，再也顧不得禮貌，突兀地插嘴問：「您今年到底幾歲啦？」

「我六十八歲。」對方顯然沒料到有此一問，匆促之間說出實話。

我也正好六十八，卿卿夫人心想，我恐怕已經跟不上時代了，我不知道女人要什麼，我也不懂得婚姻究竟是什麼，「卿卿夫人婚姻介紹所」就到此爲止吧！

理想情人

情人節快到了，露露的憂鬱症照例又要發作一次。

「心情好糟喔，下禮拜就是情人節了。我要不要把這個男朋友甩掉呢，這樣至少不用去煩禮物的事情。唉，沒有情人，日子很難過，可是手上拿著一個爛情人，吞不下去也吐不出來，才眞正叫人心煩。」

「怎麼會有爛情人呢？情人應該都是好情人才對，不然何必做情人呢！」露露心煩的時候，只有我願意耐心聽她發牢騷。

「唉，我的情人啊，已經一個多月不見影蹤，連電話也沒有一通，他就是想得出辦法折磨我，見了面直打哈哈，說『忙啊、忙啊』，從來不會給我一個完完整整的解釋，更別提好好道個歉。我到底算是有情人還是根本沒有，連我自己也糊塗了。」

「天啊，露露，你的運氣太壞了，好情人遍地都是，你幹嘛緊抓著一個爛蘋果，明知道吃下去會拉肚子，硬是捨不得放手。」

「哪裡有好蘋果？男人不都是爛的。」露露是典型的悲觀人格。

「我的情人每天都少不了噓寒問暖，好像生怕我忘了他的存在。夜裡一定記得留一則愛的簡訊，早上起床，我一開手機，就會亮出『我愛你』、『一夜想你』、『早安寶貝』，害我一天都甜甜蜜蜜的。」

「害你？害我才對。我的情人是個無底洞，出去逛街，他什麼都想買，ＶＣＤ、皮夾克、運動錶……買賣一成交，他馬上轉頭對我說，『剛好沒帶錢包，你先墊一下。』認識他以後，我才知道什麼叫『循環信用』，到現在每個月的信用卡帳單還得繳他的高爾夫球桿分期付款。」

「不會吧！情人不是都要負責買單嗎？我的情人只肯在義大利餐廳約會，他喜歡浪漫的氣氛，燭光、美酒、小禮服，我的細肩帶小禮服十幾件，全是刷他的金卡。而且用完餐，我們慢慢散步，他會假裝不經意走進花店，包一大束鮮花送我。」

「鮮花？我一輩子沒收到過鮮花，我只收過背包。他把背包扔在我家地板上，說『這個送你』，第一次我好開心喔，以爲有什麼貴重禮物，打開一看，喝！臭襪子、髒衣服，外加一疊油膩膩的碗盤。他丟下一句『辛苦你了』，剩下都是我的工作。」

「這算什麼禮物！露露，你應該拒收。你難道不會用腦筋想一想，愈大的禮物通常都愈不值錢，一個大背包，根本不用打開，就知道絕不會是好東西。我的情人只送小東西，上次去旅行，他從口袋裡掏出一個小盒子，哇，單顆美鑽的項鍊呢！我擔心太貴重了，他卻說『太小的禮物我也送不出手』，害我沒話可說。」

「鑽石？你收到鑽石？」露露嚇得差點沒跳起身來，「是情人節禮物嗎？」

「不是情人節，他說是隨便送送，好玩的。」

「隨便送送？你知道什麼叫做隨便送送嗎？去年情人節當天，我問他送什麼禮物給我，他在身上摸了半天，從皮夾裡摸出一張捷運卡，隨口跟我說『情人節快樂』。等我去搭捷運時，才發現那張卡居然是已經用過的。」

「我簡直不敢相信，露露，你還要留著他過情人節嗎？」

「我找不到別人啦！誰像你那麼幸運能找到一個理想情人。」

「我的理想情人只有一個缺點。」

「在我看來，已經是百分百令人滿意，哪可能有缺點！」露露扯著大嗓門。

「他的缺點就是他還沒有出現，他還沒有出現在我的生命中，害我一直苦苦等待。」

「嗄？沒有出現？喔，當然，根本沒有理想情人。我就說嘛，哪裡有好蘋果，男人不都是爛的。」

露露又回復到原先的憂鬱情緒，一遍一遍唸叨著她的老問題：「我到底要不要甩掉這個爛情人呢？」看情形，她是變得更加憂鬱了。

這個城市不做愛

狗仔隊悄悄登陸這個城市。

他們跟蹤汽車，潛入人家，躲藏在衣櫃裡，埋伏於床底下，挖空天花板，戳破厚窗簾，目的無他，只不過是想拍幾張精采的做愛照片，服務那些自己不做愛、卻老想偷窺別人床戲的廣大讀者。

成千上萬的狗仔隊，在這個城市進行祕密任務。一天天過去，一月月過去，一年年過去，任憑他們使盡渾身解數，從日出忙到日落，從日落又忙到日出，竟然絲毫追查不出任何可疑的線索。

簡單說，他們弄不到做愛的證據。

「怎麼可能呢？」從來不曾住過這個城市的狗仔隊隊長暴跳如雷，「你們都是一群無能的傢伙，無能加低能，一點小事都辦不好。」

「報告隊長，我們確實盡力了。」隊員們替自己辯護，他們都睡眼惺忪，累得像狗一樣。

「一定有問題，你們老實說，連一張照片也沒有嗎？」隊長不肯善罷干休。

「報告隊長，一張也沒有。」

「到底是怎麼回事？」隊長顯然如墜五里霧中，隊員們也鴉雀無聲。

「報告隊長，」有一名隊員勇敢地站出來說，「這個城市不做愛。」

「不做愛？」隊長不大相信，「既然拍不到照片，你們就給我好好做採訪，給我好好盤問他們，爲什麼不做愛。沒看到採訪記錄之前，我還是認定你們無能，無能加低能。」

不到二十四小時，厚厚一疊採訪記錄就堆在隊長面前。這個城市的人聽說狗仔隊拍不到照片，無法交差，都大發同情心，老老實實接受採訪。

——做愛？做愛有什麼用？能幫我賺大錢嗎？不能賺錢的事，爲什麼要做？你有毛病是不是？

——我受過傷害，不要跟我提這種事，我一輩子都不再碰男女關係，性是最危險的事，又不乾淨。打坐最好，我現在提倡「用打坐取代做愛」，絕對可以淨化人心，你看怎麼樣，你們媒體大可推廣呀！

——不做愛？怎麼可能？做啦，做啦，我都有做，不過無所謂愛不愛，反正是用錢買嘛。不過我有原則喔，不能固定對象，一定要廣結善緣，我們民意代表要為選票著想，服務選民嘛，一人一票，當然是愈多愈好。

——做什麼愛？神經啊，我已經結過婚了。

——你們沒找到我吧！我不會在家裡做啦，家是神聖的地方，要養育小孩子，我都在外面做，外面哪裡，我會告訴你嗎？豬頭！

——上網嘛，網路上什麼都有。在網路上，迅速又可靠，根本不必看見眞的人，眞人太麻煩，在網路上做就好，虛擬更過癮。

——我不做，我有憂鬱症。

——我不做，我在更年期。

——我不做，我才八歲。

——我不做，除非送我珠寶。沒有珠寶，一切免談。經濟不景氣，男人愈來愈吝嗇，我已經很久沒做了。

——做愛會流失能量，我的能量要妥善儲存，不久的將來，我還要創作更偉大的藝術作品呢！

隊長讀畢這份採訪記錄，立刻下令隊員：「全體撤出這個城市。」

這個城市，狗仔隊也無能爲力。

茶壺理論

玫瑰和茉莉的下午茶，話題總是離不開男人。

「我們家那個死老鬼，眞是活活要氣死我。」玫瑰首先發難，「結婚十幾年，我跟著他，什麼樣的苦頭沒有吃過啊！做生意，公司倒閉了兩次，債主天天守在門口，不都是靠我去擺地攤、躲警察，辛辛苦苦一點一滴把債還清。好不容易日子過得安定些，孩子也都進了高中，我正打算享享福，他又來給我變花樣。」

「什麼？他還敢變花樣？」茉莉無限驚訝。

「哼！我也不敢相信。要不是我搜到那女人寫給他的信，白紙黑字，有憑有據，他想抵賴都不成。眞是做夢也沒想到，我有哪一點不好，又端莊又賢慧，衣服鞋子都是最優雅的款式，頭髮也梳理得整整齊齊。有妻如此，男人憑什麼還要外遇？」玫瑰愈說愈氣。

「劣根性，男人就是不安分，已婚未婚的都一樣。我對我的男朋友也算是百依百順了，幫他換床單、洗臭襪子、收拾房間，家務事做得一絲不苟。平常苦口婆心地教他如何對付老闆，如何拉攏同事，連周末都沒法休假，他和朋友去釣魚，我在家幫他趕報告，擬企畫書，忙到半夜兩三點，他連一聲謝謝都不會說。」茉莉也有她的滿腹苦水。

「至少他對你是忠心的，沒有耍花樣。」玫瑰只在意男人的忠心與否。

「沒有耍花樣？怎麼可能！」茉莉馬上紅了眼眶，「他最近一定另外有女人，沒事就找我的碴，動不動發起火來橫眉豎眼的。約會的時候老遲到，一頓飯還沒吃完就催我走路，好像很不耐煩跟我在一起。上了床也沒精打采的，三兩分鐘草草了事。」

「你要多注意，情況似乎不太妙。」玫瑰好心提出警告。

「我知道，一定是出了問題。」茉莉眼淚滴滴答答掉進茶杯裡。「可是我又能怎麼辦呢？我已經爲他盡心盡力了。」

在一旁靜靜聆聽的茶壺，此時再也按捺不住，氣得渾身顫抖，連壺蓋都嘎吱作響。

「女人啊女人，沒腦筋的東西。你們難道不會思考嗎？」茶壺彷彿是自己受了委屈，暴跳如雷地說：「人不能只憑感性生活，要用理性思考。你們不要對男人太好，水滿則溢，把男人寵壞了，他們必然會搞外遇。」

「不能寵男人嗎？」「不要對男人好？」玫瑰和茉莉顯得十分困惑。

「你們看看我，我對茶杯可眞是一心一意地付出，哪次不是掏空一切，傾其所有，把茶杯注得滿滿的。可是茶杯怎麼對待我呢？茶杯會感激我嗎？會把多餘的茶水還給我嗎？」茶壺愈說愈激動，「不會，茶杯從來不會報答我。茶杯一旦注滿水，溢出來，會流到哪裡去呢？」

兩個女人愣了片刻，都沒出聲，茶壺只好自問自答：「外面，都流到外面去了。」

「這是我的理論，」茶壺繼續自說自話。「女人對男人太好，男人總是用外遇回報，就像茶杯總是辜負我。你們要牢牢記住茶壺理論，理論是正確的，理論可以指導人生。」茶壺說著說著，不禁露出一副專家的嘴臉。

「也是有道理啦，不過這個外面的女人實在太要不得了。哪裡會有眞感情，最多貪點小錢。明天我去起個會，籌一籌錢，幫我們老鬼把她擺平，死老鬼就是沒心眼，不知道怎麼應付人家，才會被糾纏不休，也是他活該倒楣。不怕啦，錢的事我來負責……。」

玫瑰還沒說完，茉莉彷彿聽而不聞，沉入她自己的世界，一面喃喃自語：「都是我的錯，上次那份企畫案寫得不夠完整，應該再補充一下活動和文宣的部分。我也太少關心他，天涼了，要爲他添一件厚夾克，去年買的那件，不記得收在什麼地方，要幫他找出來才是，難怪他上禮拜有點咳嗽，我要多用點心了解他的需要，把看電視的時間省下來，都是我的錯……」

茉莉一抬手，茶壺被碰倒在地摔得粉碎，兩個滿腹心事的女人渾然未覺。

理論家的下場本來如此，並不値得大驚小怪。

暗戀

小花蝴蝶個子不高，喜歡交際，成天都在人群中飛來飛去，雖說誰也沒見過她身邊有什麼固定的男件，但是暗戀她的人倒是不少——嗯，據說如此。是誰說的？喔，這個嘛，當然是她自己說的。

「你注意到櫃台前面那個常來送快遞的小弟嗎？」小花蝴蝶說，「他暗戀我已經很久了。」

「眞的？我居然不知道。」包打聽很驚訝。

「他每次來總是東張西望、探頭探腦的，我就有把握他準是在找我。找到我，他就安心了。你看吧！他兩眼直勾勾的，猛盯著我呢！臉皮眞厚，年輕人啊，膽子也忒大了些。」

包打聽一抬頭，快遞小弟可不是正兩眼迷濛地瞪著前方嗎？

「有些人就是這麼討厭，也不秤一秤自己的斤兩，隨隨便便就喜歡人家。」小花蝴蝶的聲音裡分辨不出究竟是厭惡或是驕傲。

「他向你表示過心意嗎？」包打聽很好奇。

「他哪敢？像他那種年紀，只配偷偷愛慕人家，哪裡還敢表現出來！」小花蝴蝶繼續說，「還有經理也是，好討厭。」

「什麼？經理也……」包打聽不相信自己的耳朵。

「這不是嗎？他又在看我了，他那種眼神，我會不懂嗎？充滿了壓抑，又根本掩飾不住心中的熊熊烈火。」

包打聽從正襟危坐的經理身上，彷彿嗅出乾柴焚燒的焦味。

「上次他趁沒人注意塞了一張字條給我，上面寫著：『少講電話』。我就知道，每次我在打電話，他就乘機偷瞄我，化妝的時候也是，我從化妝鏡裡看得一清二楚。不要臉，年紀一大把，又有老婆小孩，還暗戀人家。我才不會理他呢！」小花蝴蝶一臉不屑。

「暗戀你的人眞不少。」包打聽有點迷惑。

「哼，他們算什麼？明星才是眞的。」

「明星？明星也……也對你有興趣？」包打聽被嚇得說話都結結巴巴的。

「何止是有興趣。我去聽天王的演唱會，他從頭到尾只對著我一個人唱歌，含情脈脈的，害我大受感動，差點上台去擁抱他。」

「他應該下來擁抱你才對。」

「大概是顧慮形象吧！做明星就是這一點麻煩，要處處小心，不能流露眞情。不過，雜誌上說他私下幽會女朋友，我絕對不相信，他心裡是有個暗戀的對象，這事只有我明白。」小花蝴蝶露出滿足的笑容。

「喂，你這個人，怎麼淨打聽我的事？」小花蝴蝶淺笑著說，「莫非你也暗戀我？」

「我……我……」包打聽這回可是連一個完整的句子都說不出來了。

愛情，可以是三

蛋糕從來都是一個人過日子。他挺滿足於自己的獨立，誰聽過蛋糕還需要別人呢？他自個兒就是絕對而且完美的——哦，直到他遇見了布丁。

「這世界上竟然會有這麼柔軟的小東西，我居然從不知道。」蛋糕頓時覺悟，以往的驕傲根本就是無知。

「我的完美在她面前不值一提，她比我美好一千萬倍，她是如此細膩、如此滑溜，連一絲纖維也找不到，哪像我這麼粗糙、這麼堅硬。她那款款擺動腰肢的模樣，眞是迷死人了。不行，我一定要得到她。」蛋糕發下重誓，決心要與布丁結爲一體。

布丁這邊卻是頻頻推拒。

「蛋糕兄，我恐怕會辜負你的美意。其實我全身上下都是瑕疵，我混濁又沉重，永遠是千篇一律亮橙橙的黃色，呆板極了。如果相處在一起，管保叫你厭煩透頂。」

布丁心上另外有個合意的人兒，這事自然不宜對蛋糕明講。

「我愛慕的柳橙果醬啊！來和我一起生活如何？」布丁趁春天的夜晚傾訴心中話語。「你的自由自在著實令人嚮往，我雖然柔軟，卻萬萬比不上你可以任意流動，你的香甜果香將為我增添無盡趣味。生命太枯乾了，我需要你的滋潤。」布丁殷殷呼喚著。

柳橙果醬眨眨眼睛，巧妙地掩飾不悅之情。

「布丁姊，春天的風眞是沁心涼，這樣的夜晚何必談起嚴肅的話題呢！我的性情不安定，只想著四處遊玩，很怕被拴牢呢！」

柳橙果醬沒說，粗線條的蛋糕才值得託付終身。

「蛋糕兄，我連作夢都想要緊緊依偎在你旁邊，用我的汁液浸泡你堅實的身軀，用我的甜蜜融化你粗壯的質地，我們……作夢也不要分開。」

驕傲的蛋糕心想：「哼，一點也不夠分量的柳橙果醬憑什麼和我相配呢！唯有沉甸甸的布丁，才是我一往情深的理想愛人。」

蛋糕、布丁與柳橙果醬的僵局，全世界無人能解。

巴黎一位點心師傅輾轉聽到他們三者的故事，他露出曖昧的微笑，說了一句：

「讓我來。」

他把布丁疊在蛋糕上面，蛋糕欣喜若狂；他再把柳橙果醬淋得布丁滿頭滿臉，布丁以爲這滋味比春天的風更令人開懷；最後，柳橙果醬順著布丁，流到蛋糕四周，把蛋糕密密實實環繞住，柳橙果醬在夢中再也不願醒來。

這是法式甜點「蘇芙蕾」的由來，點心師傅按捺不住得意說：「只有法國人懂得，愛情不一定是二，也可以是三。」

輯六 慶祝

我再也不要一次只愛一個男人，免得血本無歸。投資專家都說要分散風險，我這趟要預備三個籃子，把上回賠掉的全賺回來。

大話假期

艾琳對於一年一度的同學會，始終懷有一份複雜又矛盾的心情。

她一定會準時出席，她不能不去，她絕對沒有辦法克制自己的好奇心，想去探一探萬人迷桂香到底準不準備定下來，小氣鬼美珍有沒有被老公折磨得憔悴蒼老，醜八怪回回是不是眞的隆乳失敗，弄得一大一小。

當然，還有男生那邊的情況，聽說才子何至打算換跑道，去替某立委助選，其貌不揚的陳純明居然靠股票買了幢豪宅，班代表阿休的家族企業有問題，常常向人調頭寸。

嗯，還有那個陰陽怪氣的吉他王子，偶爾有一搭沒一搭招惹她，這兩年她有點著急了，不知道會不會猶有一線希望。除了他，其餘的人呢？剩下誰……。

艾琳一邊想著，一邊不由得心生怯意。

久久不見，大家都刻意要表現一副「我是成功者」的面貌，不僅是衣著裝扮互拚高下，在宴席之間，如何把握機會，故作不經意狀，趁隙抖出自己的底牌，炫耀身價、資產、權勢、影響力，充分展露老公、老婆、公司、社團一張張大牌的懾人威力，這一手功夫才真正讓人望而卻步。即使一向自認能說善道的艾琳，也不敢掉以輕心，戒慎恐懼地迎接這一項高難度的挑戰。

今年的聚會拖到年關之前才辦，大家都顯得心浮氣躁，揮不去一抹疲憊之氣，話題也沒有什麼焦點，似乎老是繞著假期打轉。

難得年假特別長，前前後後，稍稍挪動一下，竟然可以擁有九天的休假。

何至搶先表示他要陪老婆回娘家，順便去街坊上拜票，選舉還早，他卻已經是一副政客走狗的模樣，艾琳打鼻孔裡瞧不起他。

美珍要帶著小不點的兒子和老公全家南下，接受陽光的洗禮，在墾丁曬曬太陽游游泳。沒有創意，小氣主婦的小氣選擇，艾琳並不稱許，臉上倒是世故地端出笑容。

「我要去北京玩雪，天氣夠冷，到雪地裡凍一凍，別有風味，況且，我也一直想踏上長城……」艾琳剛起個頭，回回就插嘴：「應該遠走高飛，我恨透了大城市，人擠人，天天塞車，舉目所見除了灰蒙蒙的大樓，盡是醜得不堪入目的廣告招牌……。」艾琳恨不得回敬她一句「加上醜得不堪入目的你」。

「我絕不去大城市，」回回沒有住嘴：「我們要去法國普羅旺斯，飛得遠遠的，享受清新的鄉村生活。」哼，法國，跟我比遠？我敢打賭，「我們」一定是一群同樣醜八怪同樣討人厭的女生，艾琳驚覺戰鬥的號角響起，她憤而挺身應戰。

「好巧，我也要去法國呢！從北京直飛巴黎，哎呀，瞎拼只有巴黎才過癮，我喜歡的幾個名牌，連香港都找不到呢！」艾琳的旅程添加了遠遠的一站。

「我是沒辦法，只得回加州的家報到，家庭聚會跑不掉，順便談談生意。」阿休也有安排，誰不知道他們家族在加州擁有一幢面海的別墅，有人生來好命，怎麼跟他拚？

「眞的？不知道我們會不會在美國碰面？」艾琳故意停頓片刻，阿休和大夥兒這時都把目光轉向她，她不疾不徐地說：「我也是沒辦法，在巴黎結束瞎拼，就得飛去紐約看我外婆，她老人家過生日嘛，我不去送一份禮，心裡過意不去，畢竟她也是高壽了，今年有八十……。」

「天哪，你這樣飛來飛去，機票錢怕不要十幾萬？我算算，北京、巴黎、紐約、台北……。」吝嗇的美珍忍不住打岔，扳著手指頭盤算。

「機票是小錢。」艾琳鎮定地說。

「光坐飛機，都不用睡覺了。」回回嫉妒得發酸，艾琳很肯定。

「在飛機上睡，睡醒就到了。難得可以多跑跑，我很興奮，說不定根本睡不著。」

艾琳將了最後一軍。

眾人皆啞口無言，今年的同學會，艾琳是勝利者，毫無疑問。

艾琳回家，決定年假哪兒都不去，她要在屋裡整整睡上九天，這次同學會可把她累垮了。

各說各話

「哈，你來早了，還是我遲到了？」
「沒有，沒有，我也剛到。」
「點過了嗎？喝什麼？」
「我一杯咖啡就好。」
「我喝什麼呢？今天喝花草茶好了，幫助消化，養顏美容，嗯，這一種好像挺適合我，夏日悠悠——名字頗詩意的，有玫瑰、洋甘菊、薄荷、芙蓉果、茉莉，放這麼多材料，應該是不錯，好，就這個，夏日悠悠。」
「上禮拜的大展你去看了嗎？」

「喔，沒空呢！」

「你真的不該錯過的，我這次參展的作品極受好評呢！我摸準了主辦單位的口味，那些人都是剛留學回來的，開口閉口盡是世界潮流、這個主義、那個學說的，他們喜歡前衛的調調，我就給他們搞一個莫名其妙的玩意，果然投其所好，他們誇我說——『大膽試探觀眾忍受度的極限』，這也是很前衛的評論呢！」

「嗯，這花草茶滿潤口的，就是清淡了些，應該配一塊口感濃郁的點心。起司蛋糕可以，我看看，藍莓起司淋上低脂優格，嗯，這個好，又是低脂的，不會發胖。就來一塊低脂藍莓起司。」

「這個單位經費充裕，聽說有科技新貴在後面撐腰，明年還要到歐洲去辦展覽呢！他們邀我去參加歐洲展，說我的作品代表台灣本土的野性力量，勢必震撼古老的歐洲文明。」

「嗯，起司蛋糕又香又濃，這家店確實名不虛傳，他們的新產品脆皮泡芙也是口碑讚道，我也應該試試，要原味或是巧克力口味呢？巧克力吧，一個巧克力脆皮泡芙。」

「我這回真是遇上貴人了！他們要在歐洲巡迴展出，而且正式讓我列名在代表團內，隨團巡迴，要去整整兩個月。這是不是叫作揚名異域呀？以後我的身價不限於本土，連海外都有人哄抬了。」

「嗯，泡芙裡面的巧克力餡軟綿綿的，滑滑膩膩，好吃，好吃，脆皮夠脆，一咬就掉好多屑屑，酥脆脆，硬是剛出爐不久，難怪一炮而紅，肯定是外國師傅的獨家技術。」

「人要紅，城牆也擋不住。去年把我踢出門外的那項大展，看我紅啦，今年反過來求我，下半年的展覽，好說歹說非要拗我一件作品，還保證安排最醒目的位置，宣傳也以我掛帥，主辦人說，沒有我的作品，哪能稱得上大展，我都不太好意思呢，從來沒有被人這樣捧過。」

「草莓慕斯好漂亮，鮮紅鮮紅，有五顆呢！慕斯不像蛋糕，不會有太多卡路里，草莓酸酸的，沖淡不少甜膩，就再點一個草莓慕斯算了。」

「美國有一場類似奧斯卡獎的比賽，我想拚一拚，去參加，更上一層樓嘛，你看怎麼樣？」

「嗯，草莓慕斯，讚！」

活到一百一十四歲如何？

我翻開報紙，新聞中這麼說：

「聯合國最新統計顯示，全球人口正快速老化。到二〇五〇年，慶祝百歲大壽的人，將是現在百歲人瑞的十五倍。而一個人如果活到一百一十四歲，一生就擁有一百萬個小時可供揮霍，稱得上是『時間的百萬富翁』。未來五十年，這種長壽的『時間的百萬富翁』將與日俱增。」

這可眞是大新聞！

長壽是好事，不過可以活到一百一十四歲究竟算不算是好事，恐怕頗値得爭議。

我代替電視節目出征，站在路邊訪問經過的路人，隨機抽樣，盡量毫不偏私地呈現社會大眾的心聲。

我請他們先說出自己的年齡、職業，然後回答問題。

我的問題是：「人類的壽命一直在延長，將來有很多人可以活到一百一十四歲，請問你對這件事有什麼感想？如果可以活到那麼老，請問你會怎樣安排你的人生？」

路人甲：咳，咳，你說什麼？還要活得更老？我已經太老了，我今年九十二歲，怎麼會活到這把年紀，我也不清楚，我沒打算活到九十歲以上，所以也沒有好好做生涯規畫。現在想做，不知道來不來得及。如果得再活上二十年，那麼我今天回去要做一份新的生涯規畫……。

路人乙：不要訪問我啦，我是幫老先生推輪椅的，而且我是菲傭。嗄？一定要說啊？我一直在幫老人家推輪椅，如果壽命延長，我大概就不會失業，不過做這種工作會讓人不想活太老，實在挺無趣的，不過如果有很老很老的男人願意把遺產留給我，那又另當別論，我一直在等這樣的機會，機會總是有的嘛……。

路人丙：我二十五歲，退伍已經三年了，目前在待業中，經濟來源主要是靠我媽。我媽比我緊張，我不想找工作，都是我媽在找，反正有她努力在找就好了，讓她覺得有盡力。我並不特別想做什麼，人爲什麼一定要做什麼呢？我念書時也只是每天都在玩，沒有念什麼書。不需要做什麼嘛！一百多歲太遙遠了，我想不到那麼遠。到時候會怎樣？嗯，也許跟現在差不多，還是不做什麼吧！

路人丁：一百歲？開玩笑，不要，我會自殺。眞的，我眞的會自殺。

路人戊：我是家庭主婦，年齡嘛，不好說，我看起來年輕嘛，看起來像四十多，一枝花，其實啊，我結婚已經三十年了，都是同一個老公，很恐怖喔，這種日子不是人過的。不管能不能活到一百四十一歲，嗄？不對？是一百一十四歲，啊，不管啦，不管怎樣，我都想換老公。我唯一盼望的是他的退休金，等退休金一到手，我就把他一腳踢開，我已經忍受他三十年了，他還要活到一百歲？天啊，我不敢想，我拒絕接受。

路人己：這不是眞的吧？你們是綜藝節目嗎？搞笑的對不對？我今年四十二歲，是企業家的第二代，我爸已經八十二了，大權在握，無論如何都不肯讓我接棒。如果他再活三十年，那我不是七十歲還無法接棒，近在眼前的肥肉卻吃不著，掌握不住權力的滋味有多難受，你們可知道？不可能，人類的壽命不可能再延長了，什麼事都有極限嘛！這不是眞的吧？我不相信你，一百一十四歲，笑話！

慶祝

星期四真是熱鬧的一天。

我一早就被電話吵醒，好友東東在電話線的另一端，興奮地大叫：「快醒醒，出來慶祝吧！我請你吃冰淇淋，我剛跟那個爛男人分手了。」

我勉力睜開惺忪睡眼，一路衝向冰淇淋店，準備安慰傷心欲絕的東東。

沒想到，一見面她就給我一個熱情的擁抱，並且開心地又叫又跳，「太好了，我又可以重新談戀愛了。跟這個老傢伙不死不活糾纏了這麼多年，總算是解脫了。」

「你不會依依不捨嗎？」我期待一雙婆娑淚眼，好讓我遞上口袋裡揣的舒潔面紙。

「哪會！我今天已經展開新的行動計畫。」她打開厚厚的萬用手冊，「J、K、

Ｌ，這三個都是新目標。我再也不要一次只愛一個男人，免得血本無歸。投資專家都說要分散風險，不要把所有的雞蛋全放在一個籃子裡，我這趟要預備三個籃子，把上回賠掉的全賺回來。」

冰淇淋才吃了一球，手機鈴響，「趕快來跟我一起慶祝，我剛剛失業了，好吃的義大利麵在等著你喔！」原來是好友西西。

我匆匆告別正在計算ＪＫＬ投資報酬率的東東，快步奔向義大利麵館，深恐西西無法面對生涯危機。

「哈，來得正好。」西西用他的大手緊摟住我的肩膀，「下個月我就沒有工作了，以後要向你看齊，也來寫寫文章，多麼風雅啊！」

「你不怕餓死嗎？」深受寫作之苦的我，擔心拖累了朋友，事先警告他。

「餓死事小，失節事大。」西西凜然正色說：「至少我再也不必受這個惡老闆的氣，也不用帶著一群低能的部下拚那些永遠拚不出的業績。上面沒有人踩我，下面沒有人捅我，這才叫平安呀！聖經上不是說，要有平安喜樂嘛。我心中平安，自然充滿喜樂。」

盤裡的義大利麵還疊得像座小山，手機又響，「你在哪裡？」是好友南南，「要不要爲我慶祝一下？我終於離婚了，喝杯下午茶怎麼樣？」

平安喜樂的西西顯然沒事，我撂下他，驅車急赴下午茶之約，南南可不要一時昏頭，做出傻事來。

還好，淡掃蛾眉的南南穿著端麗的套裝，笑臉盈盈迎接著我，她親切地拉拉我的手：「有好事總想著要找你，中午才在律師事務所簽完字，一身輕鬆，好心情要和好朋友分享，憋在心裡才難過。」

「你心裡難過？」我用手輕捏著桌上的紙餐巾，暗中練習處理下一秒鐘突然崩潰的中年棄婦。

「才怪，難過的是他，拖拖拉拉不肯放我走，一直到他簽了字，我才完完全全開心。恢復單身的感覺眞新鮮，無牽無掛的，不用做飯，不用等門，我甚至可以一個人去看晚場電影呢！你說，這不是太奢侈了嗎！」

熱咖啡正待續杯，手機不可置信地再度響起，「晚上有沒有空，去吃日本料理，好好慶祝慶祝，股票大崩盤，我徹底破產了。」

天哪！好友北北該不會正站在日本料理餐廳的二十四樓頂樓陽台，縱身往下……

我來不及和南南打招呼，反正埋首在電影版中尋覓奢侈的她已不需要我的關心。飛車直達餐廳的途中，我暗暗唸叨：「北北，等等我啊，可別想不開……」

北北正一個人喝著白鹿清酒，看見蓬頭散髮、驚惶失措的我，他一臉訝異，「這麼快！你搭飛機來的嗎？」他還有心開玩笑。

「你……你……你不是破產了？」我上氣不接下氣地說。

「我確實是破產啦！感謝上帝！祂待我真好，我再也不必趕三點半，也不必早起做股票。來來來，我們慢慢喝酒，多喝兩杯也無所謂，待會兒散步回家，明天早晨睡到太陽曬屁股也不必起床。做窮人是幸福的，再也沒有人會來吵我，感謝上帝！」

唉！我再也不要瞎操心了，以後有人說要慶祝，我就慶祝，管他是分手、失業、離婚或是破產什麼的倒楣事。

文·學·叢·書

劃撥帳號：19000691　成陽出版股份有限公司　掛號另加20元
本書目所列定價如與版權頁有異，以各書版權頁定價為準

1.	吹薩克斯風的革命者	楊　照著	260元
2.	魔術時刻	蘇偉貞著	220元
3.	尋找上海	王安憶著	220元
4.	蟬	林懷民著	220元
5.	鳥人一族	張國立著	200元
6.	蘑菇七種	張　煒著	240元
7.	鞍與筆的影子	張承志著	280元
8.	悠悠家園	韓·黃晳暎著／陳寧寧譯	450元
9.	想我眷村的兄弟們	朱天心著	220元
10.	古都	朱天心著	240元
11.	藤纏樹	藍博洲著	460元
12.	龔鵬程四十自述	龔鵬程著	300元
13.	魚和牠的自行車	陳丹燕著	220元
14.	椿哥	平　路著	150元
15.	何日君再來	平　路著	240元
16.	唐諾推理小說導讀選 I	唐　諾著	240元
17.	唐諾推理小說導讀選II	唐　諾著	260元
18.	我的N種生活	葛紅兵著	240元
19.	普世戀歌	宋澤萊著	260元
20.	紐約眼	劉大任著	260元
21.	小說家的13堂課	王安憶著	280元

POINT

1.	海洋遊俠——台灣尾的鯨豚	廖鴻基著	240元
2.	追巴黎的女人	蔡淑玲著	200元
3.	52個星期天	黃明堅著	220元

INK publishing

作　　者　黃明堅
發 行 人　張書銘
社　　長　初安民

責任編輯　高慧瑩
美術編輯　許秋山
校　　對　呂佳真　高慧瑩　黃明堅
出　　版　INK印刻出版有限公司
台北縣中和市中正路800號13樓之3
電話：02-22281626
傳真：02-22281598
e-mail：ink.book@msa.hinet.net
法律顧問　現代法律事務所
郭惠吉律師　林春金律師

總 經 銷　成陽出版股份有限公司
訂購電話：02-26688242
訂購傳真：02-26688743
郵政劃撥　19000691　成陽出版股份有限公司
印　　刷　海王印刷事業股份有限公司

出版日期　2002年10月　初版一刷
2002年10月　初版二刷
定　　價　220元

ISBN 986-7810-08-2

國家圖書館出版品預行編目資料

52個星期天／黃明堅作.--初版，
--臺北縣中和市：
INK印刻，2002〔民91〕
面；　公分（Point：3）

ISBN　986-7810-08-2（平裝）

855　　　91016188